Arena-Taschenbuch
Band 50677

Weitere Titel dieser Reihe im Arena-Taschenbuch:
Gefährliche Kaninchen (Band 50645)

Der erste Band der Reihe *Gefährliche Kaninchen* ist als Hörbuch bei Arena audio erschienen.

Kirsten John
denkt sich Geschichten aus, seit sie zehn Jahre alt ist. Eine Zeit lang schrieb sie nach der Schule, dann während des Studiums, schließlich neben ihrer Arbeit als Redakteurin bei einem Stadtmagazin. Irgendwann konzentrierte sie sich ganz und gar darauf – und veröffentlicht seitdem Bücher für Kinder, Jugendliche und Erwachsene. Von ihrem Schreibtisch aus hat sie einen wunderbaren Blick über Hannover, wo sie, ihre Familie und ihr Hund leben.

Kirsten John

Gefährliche Kaninchen

Lakritze zum Frühstück

Zeichnungen von
Maja Bohn

Arena

MIX
Papier aus verantwortungsvollen Quellen
FSC® C110508
www.fsc.org

1. Auflage als Arena-Taschenbuch 2015

Coverillustration: Nina Dulleck
Innenillustrationen: Maja Bohn
Umschlagtypografie: KCS GmbH · Verlagsservice & Medienproduktion, Stelle/Hamburg
Gesamtherstellung: Westermann Druck Zwickau GmbH
ISSN 0518-4002
ISBN 978-3-401-50677-7

www.arena-verlag.de
Mitreden unter forum.arena-verlag.de

1. Kapitel

Schuld ist nur ein Foto, noch dazu ein nicht gerade spannendes: Auf einem Felsbrocken wächst ein bräunlichschwarzer Fleck.

Max findet, er sieht aus wie Kotze.

Seine Mutter findet das nicht. Sie findet, der Fleck ist eindeutig eine Cetraria aculeata.

»Eine was?« Max starrt seine Mutter an, die sich mit einer Lupe über das Foto beugt.

»Cetraria aculeata. Oder jemand aus der Familie.«

Max stochert missmutig in seinem Salat. War ja klar.

Jeder hat Familie, wirklich jeder, sogar der Kotzfleck, der seine Mutter so fasziniert. Seine beste Freundin Leonie hat sogar einen ganzen Haufen davon. Vier Brüder und eine Schwester, von denen allerdings nicht alle echt sind: Ein paar hat ihr Stiefvater mitgebracht.

Max hat nur seine Mutter. Und ab und zu seinen Vater, der ihn besucht, ihn zum Eisessen abholt oder mit ihm in den Zoo geht.

»Mmh«, macht seine Mutter. »Vielleicht ist es aber auch etwas ganz anderes.« Sie beugt sich noch tiefer über das Foto. Die Brille, die sie sich aufs Haar geschoben hat, sieht Max blicklos an.

Max nutzt die Gelegenheit und schaufelt seinen Salat zurück in die Schüssel. Er möchte lieber ein Käsebrötchen, noch besser eine Pizza, aber seine Mutter ist nun einmal Biologin von Beruf. Sie liebt Grünzeug. Unter der Lupe genauso wie auf dem Teller.

Jetzt verschwindet die Brille, als seine Mutter endlich hochsieht. »Ich glaube, das könnte es sein.« Sie hat vor Aufregung dunkelrote Flecken auf den Wangen, die ein wenig an die Flecken auf dem Foto erinnern. »Weißt du, was das bedeutet, Max? Es könnte etwas völlig Neues sein.«

Max nimmt seine Brille ab. »Etwas Unbekanntes.«

Max putzt seine Brille am Tischtuch.

»Eine Unterart«, haucht seine Mutter.

Max setzt die Brille wieder auf. Das ist ihr größter Traum: Irgendetwas zu finden, was vor ihr noch kein Mensch gesehen hat. So wie Kolumbus, der Amerika entdeckt hat. Da aber alle Länder schon gefunden wurden und die bedeutendsten Tier- und Pflanzenarten noch dazu, muss sich seine Mutter mit Kleinkram zufriedengeben. Sehr kleinem Kram. In ihrem Fall sind das Flechten: Seine Mutter ist Spezialistin dafür.

Flechten sind wie Schimmel oder winzige Blumen an Felsen, Bäumen oder einem Blumentopf, den man lange vergessen hat. Es gibt so um die zwanzigtausend Arten und Max findet nicht, dass es da auf eine mehr oder weniger noch ankommt.

Seine Mutter seufzt, als hätte sie seine Gedanken gehört. »Ich wünschte, du hättest etwas mehr von meinem Forschergeist geerbt.« Das wünscht sie sich ständig, dass er »mehr Forschergeist entwickeln« und »die Begegnung mit dem Unbekannten« suchen soll.

Max versucht allerdings eher, dem Unbekannten aus dem Weg zu gehen. Und vor allen Dingen nicht draufzutreten: Er kann sich noch gut daran erinnern, dass seine Mutter ihn auf einer Wanderung einmal auf Socken zurücklaufen ließ, damit sie zu Hause eine Flechte aus seiner Schuhsohle kratzen konnte. Nein danke: Vom Unbekannten hat Max die Nase voll. Vor allem dann, wenn es unter seiner Schuhsohle klebt.

»Weißt du, was?« Seine Mutter klatscht in die Hände. »Das müssen wir feiern. Hast du meine Brille gesehen? Ah, natürlich.« Sie ist seinem Fingerzeig gefolgt und pflückt sie sich aus dem Haar. »Worauf hast du Lust?«

»McDonald's«, sagt Max prompt.

»Haha, sehr lustig«, erwidert seine Mutter. Sie lebt vegetarisch und würde eher einen kompletten Ast verspeisen, als auch nur einmal in einen Burger zu beißen. »Nein, mal im Ernst: Worauf hast du Lust?«

Max seufzt. »In den Buchladen gehen?« Das ist normalerweise das Einzige, das seine Mutter zusammen mit ihm unternimmt. Sein ganzes Zimmer steht voller Bücher, die von diesen Ausflügen stammen und die er nicht gelesen hat.

»Nun«, seine Mutter nickt ernsthaft, »daran hatte ich auch schon gedacht. Aber heute machen wir mal etwas ganz Verrücktes.«

Oh nein. Max beschleicht eine leichte Angst. »Verrückt« heißt bei seiner Mutter nicht das, was das Wort bei anderen Menschen bedeutet.

»Heute gehen wir mal zum Eisessen.«

Wow, damit hatte er nicht gerechnet. Das ist verrückt, zumindest für ihre Verhältnisse: Anscheinend ist der Kotzfleck auf dem Foto tatsächlich eine wichtige Entdeckung. Vielleicht wichtiger als Amerika.

»Amerika? Deine Mutter will Amerika entdecken?« Leonie sieht ihn an. Ihre Augen werden ganz rund dabei.

»Nein. Nur etwas, das genauso wichtig ist.« Max sucht immer noch den Boden ab. Es ist nass in ihrer geheimen Höhle, die Leonie immer nur »die Burg« nennt. Eigentlich ist es eine Kuhle unter einem umgefallenen Baumstamm. In der Nähe leben gefährliche Kaninchen und in der Höhle jede Menge Schnecken, Käfer und Spinnen.

»Und dazu muss sie nach Dänemark?«

»Ja.« Von den Flechten und dass sie aussehen wie Kotze, davon erzählt Max seiner Freundin lieber nichts.

»Nun setz dich endlich«, sagt Leonie, die im Schneidersitz gerade ungerührt werweißwieviele Schnecken, Käfer und Spinnen platt drückt.

Seufzend lässt Max sich nieder und spürt sofort die Nässe an seinem Hosenboden. Er versucht, nicht daran zu denken. »Dänemark also«, seufzt er. »Und ich muss mit.« Weil sein Vater ihn ständig vergisst. Weil Max sonst vor seinen Augen verhungern würde. Weil sein Vater sich selbst um eine Topfpflanze besser kümmert als um seinen Sohn: Das alles behauptet zumindest seine Mutter.

»Aber das ist doch toll«, sagt Leonie, die in den Ferien nirgendwohin fährt, weil ihren Eltern das Geld dafür fehlt.

Max zieht die Nase kraus. Unter Dänemark kann er sich überhaupt nicht viel vorstellen.

»Dänemark«, sagt Leonie mit leuchtenden Augen. »Da gibt es Strände und das Meer, da kann man schwimmen und tauchen und Muscheln suchen und...«

»Wir sind nicht am Meer«, unterbricht Max sie düster. »Wir haben ein kleines Holzhaus an einem See, aber kein Meer.« Seine Mutter wird die ganze Zeit mit der Lupe auf Steine starren und er sich hundertprozentig zu Tode langweilen. Tolle Aussichten. Seine Ferien liegen vor ihm wie ein langer, düsterer und moderiger Tunnel.

Leonie überlegt kurz und fegt sich eine Spinne vom Bein. »Und wenn ich mitkomme?« Sie sieht hoch. »Dann wärst du nicht mehr allein und wir könnten zusammen...« Sie stockt. Was tut man denn in Dänemark, wenn man nicht am Meer wohnt? »Tun, was immer es in Dänemark auch zu tun gibt«, vollendet sie den Satz.

»Also nichts«, entgegnet Max. »Mein Vater sagt, in Dänemark ist der Hund verfroren. Es gibt dort nur merkwürdig belegte Brote, Lakritze und Trolle. Und ich mag keine Lakritze. Niemand mag Lakritze. Nicht mal Trolle mögen die!« Außerdem hat er noch gesagt, dass er Max nicht vergessen, sondern sich nur verspätet hat. Dass sein Sohn immer anständig zu essen bekommt, nicht nur Grünzeug, und dass jede Topfpflanze es bei ihm besser hätte als bei Max' Mutter, die sie ja doch am liebsten unter dem Mikroskop anschauen würde. Das alles erwähnt Max jetzt natürlich nicht: Es tut ja schließlich nichts zur Sache.

»Trolle«, unterbricht Leonie seine Gedanken. Ihre Augen leuchten. »Das ist es.«

»Was ist was?«, will Max wissen.

»Wir fangen einen Troll.«

Max schüttelt den Kopf. »Ehrlich gesagt bin ich nicht so wirklich davon überzeugt, dass es die gibt.«

»Ich glaube auch nicht an Trolle.« Leonie setzt wieder ein schiefes Lächeln auf. Es ist ihr Ich-weiß-wie-wir-es-machen-Gesicht und ehrlich gesagt sieht sie mit diesem Lächeln und mit ihren Sommersprossen und den roten Haaren schon fast selbst aus wie ein Trollmädchen. »Aber wir tun so, als ob.«

»Aha«, macht Max. »Und warum tun wir das?«

»Das ist doch ganz klar.« Leonie schüttelt den Kopf vor so viel Begriffsstutzigkeit. »Damit ich mitkann.«

Klingt so, als habe sie einen Plan.

Leonies Mutter diesen Plan zu unterbreiten, ist nicht ganz einfach. Sie hat Spaghettisoße in ihren roten, stoppeligen Haaren und ist gerade dabei, einen Aufkleber vom Treppengeländer abzupulen, während Issa zu ihren Füßen sitzt und steinerweichend heult. Issa ist Leonies kleine Schwester.

»Gar nicht beachten«, sagt Leonies Mutter. »Sie will unbedingt einen Dinosaurier als Haustier. *Tristan!«*, ruft sie dann die Treppe hoch. *»Du kommst jetzt sofort runter und hilfst mir, diese Aufkleber abzumachen, oder es passiert was!* Was ist das mit Dänemark?«, wendet sie sich anschließend wieder an ihre Tochter.

Leonie wiederholt geduldig noch einmal ihren Vortrag.

»Trolle? Ich verstehe immer Trolle«, versucht sich ihre Mutter über das Gebrüll von Issa hinweg, verständlich zu machen.

Leonie nickt, um ihr zu zeigen, dass sie schon richtig gehört hat.

»Und ihr wollt einen fangen? Und ist deine Mutter überhaupt damit einverstanden? *Tristan!*«

Die letzte Frage richtete sich wohl an Max und er will gerade antworten, als eine wütende Stimme von oben kommt: *»Wir sind ja wohl gegen Tierversuche!«*

»Ja, aber nicht auf unserem Treppengeländer«, schreit Leonies Mutter zurück. Sie dreht sich zu Max um und sieht ihn erwartungsvoll an.

»Äh, ja. Äh, was?«, fragt Max, der jetzt ein klein wenig aus dem Konzept geraten ist. Normalerweise genießt er es, mit den Wagners zusammen zu sein. Vor allen mit Leonies älteren Brüdern, den Zwillingen Lukas und Lars, mit Tristan und selbst mit Georg, der in seinen schwarzen Klamotten zwar immer cool aussehen will, in Wahrheit aber genauso aufgedreht ist wie der Rest seiner Sippe. Ein ernstes Gespräch zu führen, ist allerdings schwierig, auch wenn Issa nicht heult wie ein Schlosshund.

»Ob deine Mutter einverstanden ist, wenn Leonie mit nach Finnland fährt, um Trolle zu fangen?«, wiederholt Leonies Mutter und lächelt aufmunternd. Sie findet Max immer so niedlich schüchtern.

»Dänemark. Nach Dänemark, Mama«, verbessert Leonie.

»Dann eben Dänemark.«

»Ich auch, ich auch Dänemark«, heult Issa nur noch lauter.

Leonies Mutter verdreht die Augen.

»Also, ja. Also, meine Mutter hat bestimmt…« Der Rest geht unter in ohrenbetäubendem Getrommel, dazu singt jemand über Flu-u-u-ugzeuge im Bau-au-au-au-auch.

Max wirft Leonie einen entsetzten Blick zu. Sie hat ihm schon erzählt, dass Lukas und Lars eine Band gegründet haben und dass die Musik scheußlich sei, aber dass es so schlimm ist…

»Oje«, seufzt Leonies Mutter, »fahrt ruhig, fahrt. Egal wohin, nur weg von hier.« Sie murmelt etwas von »selber am liebsten abhauen« und »am besten auswandern«, während sie sich wieder den Aufklebern widmet. Issa heult, weil sie nicht mitdarf nach Dänemark, Lars und Lukas trommeln und singen und Tristan brüllt irgendetwas, was dann aber beim besten Willen keiner mehr verstehen kann.

Leonie deutet zur Tür.

»Flugzeuge?«, fragt Max draußen auf dem Treppenabsatz, sobald er sich wieder verständlich machen kann.

»Sag nichts«, erwidert Leonie und seufzt.

Max’ Mutter von der Notwendigkeit einer Trolljagd zu überzeugen, gestaltet sich etwas schwieriger.

Wie immer freut sie sich, Leonie zu sehen: Die beste Freundin ihres Sohnes ist so etwas wie ihre Verbündete. Leonie liest gerne und ist deshalb ein »guter Einfluss«. Und seitdem sie ein vergessenes Glas bewundert hat, in dem grünliche Schimmelinseln auf etwas schwammen, das einmal Orangensaft gewesen war, hält Max’ Mutter sie zudem für einen »Forschergeist«. Und das ist ihr unheimlich wichtig.

Leonie will das ausnutzen, obwohl Max findet, sie übertreibt: Leonie trägt den Rancherhut von Lars, ein Schmetterlingsnetz von Lukas und hat sich ein kitschiges Plastikfernglas umgehängt, das sie sich von ihrer kleinen Schwester geborgt hat.

»Leonie«, sagt seine Mutter, der die merkwürdige Aufmachung gar nicht aufzufallen scheint. »Möchtest du einen glutenfreien Keks? Nimm dir ruhig gleich ein paar. Du auch, Max. Möchtet ihr einen Tee? Nein? Ich habe gerade einen frisch gemacht.«

Max und Leonie nehmen sich je einen Keks und setzen sich nebeneinander aufs Sofa. Man kann vom Wohnzimmer aus in die Küche sehen. Früher war das die Küche von Leonies Familie, aber seit letztem Sommer wohnen

Max und seine Mutter in dem kleinen, ultramodernen Reihenhaus der Wagners. Und die Wagners wiederum wohnen in dem großen Haus, aus dem Max und seine Eltern ausgezogen sind.

Die Mutter von Max trinkt ihren Tee im Stehen. Sie spreizt ihren kleinen Finger dabei ab: Etwas, was Max' Vater immer in den Wahnsinn getrieben hat, aber sein Vater ist ja nicht mehr da. Jetzt kann sie spreizen, so viel sie will. Über den Rand der Tasse wirft sie Leonie und Max noch einen freundlichen Blick zu, dann schlägt sie die Zeitung auf, die vor ihr auf dem Küchentresen liegt.

Leonie beobachtet sie dabei. Durchs Fernglas. Als das keinen Effekt hat, fuchtelt sie noch dazu wie wild mit ihrem Schmetterlingsnetz herum.

Schon nach kürzester Zeit sieht Max' Mutter irritiert von der Zeitung hoch. »Leonie-Schatz: Suchst du etwas?«

»Trolle«, murmelt Leonie konzentriert. »Max und ich suchen Trolle.«

»Trolle, soso.« Max' Mutter lächelt schwach. »Ich glaube ehrlich gesagt nicht, dass Trolle existieren.«

»Hier vielleicht nicht«, nickt Leonie. »Aber in Dänemark bestimmt.«

Max schnauft. Das war nun aber wirklich plump.

Leonie tut so, als hätte sie ihn nicht gehört. Sie nimmt das Fernglas runter und fragt unschuldig: »Fahren Sie nicht bald nach Dänemark?«

»Ja, allerdings«, nickt die Mutter von Max. »Aber nicht wegen der Trolle.«

»Genau«, sagt Leonie. »Die können Sie getrost uns überlassen.«

»Uns?« Seine Mutter runzelt die Stirn.

»Ja, Max und mir. Wir wollen Forscher werden. Wir wollen nach Trollen forschen.«

Max' Mutter runzelt die Stirn noch mehr. »Man kann nicht nach etwas forschen, das es nicht gibt.«

Max bleibt der Mund offen stehen. »Und Kolumbus? Und Amerika? Kein Mensch wusste damals, dass es Amerika gibt, doch Kolumbus hat es gefunden. Er ist losgesegelt und zack: Da lag es.«

»Na ja, zack, so einfach war es dann wohl auch nicht. Und genau genommen hat Kolumbus ja auch nicht nach Amerika gesucht, sondern wollte den Seeweg nach Indien finden.« Seine Mutter trinkt noch einen Schluck mit abgespreiztem Finger. Sie überlegt. »Aber du kannst gerne mitkommen, Leonie, wenn du das möchtest, und Max beschäf... äh, ich meine, ihr könntet zusammen spielen. Falls deine Eltern das erlauben. Allerdings fürchte ich, dass es dir vielleicht etwas langweilig werden könnte ...«

Aha, denkt Max. Bei ihm hat sie das noch nicht befürchtet.

»Auf gar keinen Fall wird uns langweilig werden«, erwidert Leonie ernst und wackelt noch einmal mit dem Schmetterlingsnetz. »Wir haben doch die Trolle.«

»Genau«, pflichtet Max ihr bei, schon allein aus dem Grund, um seinen Forschergeist unter Beweis zu stellen. Und schon ist der Dänemarktunnel, der vor ihm liegt, nicht mehr ganz so lang und düster. Nur ist ihm gar nicht mehr so wohl bei dem Gedanken. Denn was, wenn tatsächlich ein Troll darin sitzt?

2. Kapitel

Trolle mögen es nass: Kein Wunder, dass sie sich Dänemark ausgesucht haben, um dort zu leben.

Seit Leonie, Max und seine Mutter hier angekommen sind, hat es nichts anderes getan als regnen. Das Wasser ist überall. Auf den Wegen, in großen, teichähnlichen Pfützen. Auf dem Boden, der sich matschig vollgesaugt hat. Es tropft von den Blättern der spärlichen, windschiefen Birken und steht in den Löchern und Kuhlen der Felsen. Der Regen füllt den See vor ihrer Hütte und lässt die Wasseroberfläche aussehen wie Gänsehaut.

Zuerst war es lustig, in Gummistiefeln durch die Pfützen zu platschen. Sie mit einem schlurfenden Geräusch aus dem Boden zu ziehen. Mit den Fingern in die Felskuhlen zu tauchen oder die Birkenblätter abzuschütteln. Doch nun regnet es schon den dritten Tag in Folge. Die Welt ist grau und nieselig. Von Wasser haben Max und Leonie so langsam die Nase voll.

»Vielleicht sollten wir uns mal eine andere Taktik überlegen«, sagt Leonie, die in ihre Gummistiefel schlüpft. Sie sind rosa mit Blümchen und Max ist ein wenig neidisch darauf. Seine sind nur grün. Ödes, schnödes Tarnfarbengrün. Seine Mutter hat dieselben, nur größer. Langweilige Stiefel und Regen scheinen ihr nichts auszumachen: Sie ist schon seit Stunden unterwegs, um Flechten zu suchen.

»Und welche neue Taktik wäre das?«, fragt Max.

»Vielleicht kommen sie nicht raus bei Regen.« Leonie wippt in ihren Rosa-Blümchen-Stiefeln.

»Sie kommen *gerade* raus bei Regen.«

»Vielleicht nicht. Vielleicht muss man sie in ihren Höhlen suchen.«

Die beiden suchen jetzt seit drei Tagen nach Trollen. Seit sie hier angekommen sind. Klar, Trolle gibt es nicht und klar sind die nur erfunden, eine »Sage«, wie seine Mutter das nennt. Nur: Ganz sicher kann man sich natürlich nicht sein. Schließlich haben ein Haufen Leute schon Trolle gesehen, es gibt Berichte über sie, Geschichten: Trolle sind riesig, behaart und stinken. Sie stehlen kleine Menschenkinder und legen an ihrer Stelle ihr eigenes Kind in die Wiege. Sie dürfen nicht in die Sonne, sonst werden sie zu Stein.

Das sind so ungefähr die Sachen, die Leonie und Max zusammengetragen haben. Ob das nun alles stimmt oder nur manches oder gar nichts davon, das wollen sie unbedingt herausfinden. In der Gegend, in der sie gelandet sind, ist nämlich nichts los, was auch nur ein bisschen Spaß verspricht. Trolle sind ihre einzige Hoffnung.

»Wir könnten mal links herum um den See gehen«, schlägt Max vor, der sich gerade seine Regenjacke überzieht. Seine langweilige tarnfarbengrüne Regenjacke.

Leonies ist blau und sie hat mit einem schwarzen, wasserfesten Stift ganz viele Sonnen draufgemalt. Sie will damit den Regen ärgern, hat sie behauptet, aber Max hat den Verdacht, dass sie sich damit gegen Trolle schützen will. Nicht dass sie wirklich an Trolle glauben würde ... nur vorsichtshalber.

»Wir sind gestern links herum gegangen«, erwidert Leonie und zieht sich ihre Kapuze über. Eine Sonne prangt genau auf ihrer Stirn.

»Nein, vorgestern. Gestern sind wir nach rechts.«

»Und ich sage dir«, und Leonie stampft mit dem gummibestiefelten Fuß auf, »wir brauchen einen neuen Plan. Wir gehen rüber zu den Felsen und suchen nach einer Höhle.«

Max runzelt die Stirn. Die Felsen sind ein paar überwucherte Gesteinsbrocken und die verbotene Zone: Seine Mutter forscht dort. Sie hat den beiden untersagt, dort zu »spielen«, damit sie nicht in eine überwucherte Spalte treten und sich den Fuß verknacksen. Das hat sie gesagt, aber Max hat den Verdacht, sie will bloß keine kostbaren Flechten aus einer Gummstiefelsohle pulen müssen. »Die Felsen sind viel zu klein. Dort passt gar keine Höhle rein.«

»Die Höhlen sind natürlich unterirdisch«, entgegnet Leonie und öffnet die Hüttentür. Sofort trommeln die Regentropfen ihr auf die Kapuze und die aufgemalten Sonnen.

Max folgt ihr und zieht die Tür hinter sich zu. »Na gut«, gibt er nach, weil er sich Leonie gegenüber schuldig fühlt. Schließlich ist sie ja seinetwegen mit hierhergekommen. »Aber wir müssen aufpassen, dass meine Mutter uns nicht entdeckt.«

Leonie betrachtet ihn kichernd. »Das dürfte dir ja

nicht allzu schwerfallen. Du gehst voll in der Landschaft auf.«

Max blickt an seinen Tarnfarbensachen herunter und murmelt etwas von »praktisch« und »können Trolle nicht sehen«.

»Du wirst es erleben«, sagt Leonie und hüpft die zwei Stufen der Veranda hinunter in den Matsch. »Wir finden einen bei den Felsen.«

Die Landschaft scheint sie zu schlucken, kaum haben sie die Umgebung des kleinen Holzhauses verlassen. Schmatzend saugt der Boden an ihren Stiefeln, als wolle er sie verschlingen, greifen die triefenden Birkenzweige nach ihnen. Der Nebel hüllt sie ein.

Und dann, wie aus dem Nichts, steht er plötzlich vor ihnen: der Troll.

»Runter«, keucht Max, der ihn zuerst gesehen hat. Er zieht Leonie hinter einen der dürren Sträucher, die hier überall wachsen.

»Au, verdammt, was denn?« Leonie macht sich los.

»Da ist er«, flüstert Max und selbst im Flüstern hört sich seine Stimme ganz heiser an. »Dort, am See.«

Leonie späht durch die Zweige. »Ich seh nichts.«

»Du musst den Kopf heben.«

Sie richtet sich langsam auf, zuckt dann zurück und kauert sich wieder hin. »Oh nein, oh nein, es stimmt. Das ist einer. Ganz sicher.«

Auch Max wagt jetzt wieder einen Blick. Der Troll steht einfach nur da, im Nebel, reglos. Er ist riesig, wie in den Geschichten beschrieben, splitternackt und über und über mit Haaren bedeckt.

»Was tut er?«, flüstert Leonie. Ihre Kapuze ist verrutscht und sie rückt sie wieder gerade.

»Er… steht nur so da«, flüstert Max zurück. Der Regen scheint dem Troll nichts auszumachen. Zu seinen Füßen liegt etwas, ein nasses Wollbündel, kann Max erkennen. Er fragt sich schaudernd, ob er wohl gerade ein unschuldiges Schaf gefressen hat.

»Und jetzt?«

Max schüttelt den Kopf. Seine Brille ist voller Regentropfen und er wischt hastig mit den Zeigefingern darüber. »Er macht nichts außer stehen.«

Leonie wagt einen weiteren Blick. Hätte der Troll jetzt aufgesehen, hätte er zwei Köpfe in einer der Hecken entdecken können, der eine grün und getarnt, der andere blau mit einer Sonne auf der Stirn. Und vier große Augen, die ihn anstarren.

Aber der Troll sieht sich nicht um und das ist wahrscheinlich Max' und Leonies Glück. Der Troll reckt sich: Die Kinder können sehen, wie sich sein behaarter Po anspannt. Und dann stößt er ein fürchterliches Brüllen aus und stürzt sich in den See.

»AAH!!« Die beiden Kinder schreien ebenfalls. Leonie springt hoch, Max macht einen Satz rückwärts und landet auf dem Hosenboden.

»Runter, runter!« Max rappelt sich auf und zieht an Leonies Arm. »Wir müssen hier weg, los!«

Geduckt und wie die Kaninchen huschen sie von Strauch zu Strauch in Sicherheit. An den ersten Sommerhäusern vorbei zu der kleinen Hütte, die Max' Mutter gemietet hat. Stolpern die Stufen hoch, reißen die Tür auf und stürmen nass und erschreckt ins Innere.

Atemlos schließt Max ab, lässt sich gegen die Tür sinken.

Leonie schiebt die Kapuze nach hinten. Ein paar nasse dunkelrote Strähnen hängen ihr ins bleiche Gesicht. »Was ... was war das?«

Max, der im Moment nichts sieht, weil seine Brille beschlagen ist, unterdrückt ein Stöhnen. »Das war ein echter Troll.«

Tatsächlich, das war er! Die beiden Kinder sehen sich an.

»Ich hoffe, deine Mutter kommt bald zurück«, sagt Leonie mit rauer Stimme.

Das hofft Max auch, und wie.

Doch Max' Mutter kommt nicht. Weder bald noch in den nächsten Minuten. Zwei Stunden später ist sie immer noch nicht da.

Max und Leonie macht das nichts aus. Sie haben beschlossen, dass es Trolle nicht gibt. Klar gibt es die nicht. Riesige Trolle mit vielen Haaren? Quatsch. Kleine Kinder stehlen, also wirklich, da käme ja wohl ruckzuck die Polizei. Und die Sonne meiden höchstens Vampire und die gibt es ja bekanntlich auch nicht.

»Aber behaart war er schon«, sagt Leonie nach einer kleinen Pause. Sie sitzt mit untergeschlagenen Beinen auf der Couch und hat einen Becher Kakao in der Hand.

»Und ziemlich groß«, pflichtet ihr Max zögernd bei. Er hat auch einen Kakao vor sich stehen, den er allerdings noch nicht angerührt hat. So langsam macht er sich doch Sorgen um seine Mutter.

»Und du hast wirklich ein totes Schaf zu seinen Füßen gesehen?«, fragt Leonie zum hundertsten Mal.

»Ich glaube schon«, antwortet Max zum hundertsten

Mal. »Es war ganz wollig und nass und hat sich nicht mehr bewegt.«

Leonie erschaudert, obwohl der Kakao warm ist. »Wenn deine Mutter nicht bald zurück ist, rufen wir die Polizei.« Aber auch das hat sie schon öfter gesagt.

Max fühlt sich wie gelähmt. Er kann kaum seine Tasse zum Mund führen, geschweige denn denken. Als es an der Tür klopft, fährt er so sehr zusammen, dass der Kakao überschwappt. »Oh nein«, flüstert er.

Leonie starrt ihn an. Sie zeigt zur Tür.

Nie im Leben, denkt Max und schüttelt den Kopf.

Entsetzt beobachten beide Kinder, wie sich langsam, ganz langsam die Türklinke senkt…

Das ist zu viel.

Mit einem Satz sind Leonie und Max auf den Beinen, Max lässt seine Tasse fallen. Er hat keine Zeit, sich darum zu kümmern, rennt nur Leonie hinterher, die steile Holztreppe hoch unter das Dach, wo die Schlafzimmer liegen.

»Warte, warte«, flüstert Leonie, die auf dem Absatz stehen geblieben ist. »Vielleicht ist es deine Mutter?«

»Meine Mutter?«, haucht Max. »Meine Mutter klopft doch nicht an, bevor sie ins Haus kommt.«

»Wir haben abgeschlossen, schon vergessen?«

Ach ja, stimmt: Das war neu, aus Sicherheitsgründen. Normalerweise ließen sie das Sommerhaus offen.

»Und jetzt?«, flüstert Max.

»Nun ...«, sagt Leonie zögernd, »... sie ist schließlich *deine* Mutter.« Was ein bisschen unfair ist.

Max bleibt keine andere Wahl. Mühsam kratzt er all seinen Mut zusammen, steigt die Treppe herunter. Er wirft Leonie noch einen letzten Blick zu und die nickt ihm von oben aufmunternd zu.

Mit zitterigen Knien geht er zu Tür, fährt zusammen, als wieder geklopft wird. Dann öffnet er.

Draußen steht der Troll. Er hat sich das tote Schaf umgelegt. Max' Mutter hängt schlaff in seinen Armen.

»Dass du überhaupt so laut schreien kannst.« Max' Mutter sitzt auf der Couch und wackelt mit dem Finger in ihrem Ohr. »Ich bin immer noch ganz taub.« Ihren Fuß hat sie auf den Hocker gelegt. Er ist dick umwickelt mit nassen Handtüchern.

Max erwidert nichts. Er hat sich jetzt schon hundertmal entschuldigt, obwohl es gar nichts zu entschuldigen gab. Gut, der Troll hatte sich kein totes Schaf umgehängt, sondern einen verfilzt aussehenden Pullover. Und er war anscheinend auch kein Troll, sondern nur der sehr große und sehr behaarte Nachbar aus dem Sommerhaus bei den Felsen. Und gut, er hat Max' Mutter mit ihrem verletzten Knöchel den ganzen Weg hierher getragen. Anscheinend ist sie genau in eine dieser überwachsenen Felsspalten getreten, vor denen sie Max und Leonie immer gewarnt hat. Aber trotzdem ... Max wirft dem unheimlichen Mann einen Blick zu.

Der lächelt und entblößt inmitten der vielen Haare eine Reihe blitzender Zähne. »Und ich kann wirklich nichts mehr für Sie tun? Oder für euch?« Bei den letzten Worten hat er sich umgedreht und fletscht die Kinder an.

Leonie geht vorsichtshalber einen Schritt zurück und schüttelt den Kopf.

Max macht dasselbe.

»Das ist nett«, antwortet seine Mutter stellvertretend für alle, »aber ich habe ja die Kinder. Und morgen, spätestens übermorgen kommt auch schon Leonies Mutter, um mir zu helfen.« Wie als Beweis zeigt sie auf das Handy, das vor ihr auf dem Tisch liegt. Sie hat nicht lange bitten müssen: Leonies Mutter war hocherfreut, natürlich auch besorgt, auf jeden Fall aber mehr als bereit dazu, sofort und ohne Umstände nach Dänemark hochzukommen. So viel immerhin konnte Max' Mutter bei dem Geschrei und Getrommel im Hintergrund gerade noch verstehen.

»Nun gut.« Der Trollmann erhebt sich. Er ist so groß, dass er sich gerade so eben aufrichten kann, ohne an die Holzdecke zu stoßen. »Dann sehe ich morgen wieder nach Ihnen. Nur sicherheitshalber.« Eine gewaltige Pranke schiebt sich in Richtung von Max' Mutter und wird geschüttelt.

Max sieht, dass ihm selbst auf den Fingern schwarze, borstige Haare wachsen.

Dann stampft der Trollmann nach draußen, wobei er sich unter dem Türrahmen ducken muss. Dröhnend fällt die Tür hinter ihm zu.

»Ein Troll, also wirklich.« Max' Mutter sieht über ihre Brille hinweg. »Wie oft soll ich euch eigentlich sagen, dass es keine Trolle gibt?«, fragt sie und schüttelt den Kopf.

Die beiden Kinder sehen sich an. Der Geruch des Trollmannes hängt noch in der Luft. Es riecht nach Schaf und gekochten Kindern.

Leonies Mutter ist schon am nächsten Tag da. Und sie hat Issa mitgebracht, die sie ja schlecht bei den Männern lassen konnte, wie sie erklärt. Wobei es sich bei den »Männern« um Leonies Vater Klaus, Tristan und die Zwillinge handelt. Georg fehlt, denn er macht Sprachferien in Frankreich.

Als Erstes genießt Leonies Mutter die himmlische Ruhe. Dann holt sie Unmengen von Büchern, Badesachen und sogar ein Schlauchboot aus ihrem Mini.

Max findet es erstens erstaunlich, dass so viel in ein so kleines Auto passt, und zweitens noch erstaunlicher, dass die ganzen Sachen bei einem geprellten Knöchel hilfreich sein sollen. Er stellt sich vor, wie Leonies Mutter seine Mutter im Schlauchboot über die Wiese zieht, und muss ein wenig grinsen.

»Das ist nicht lustig.« Leonie versetzt ihm einen Stoß in die Seite. »Wir haben ein Problem. Komm mit.«

Gemeinsam gehen sie hinter das Haus und zu ihrem Versteck unter der Veranda. Leonie hat es ausgesucht, sobald sie gehört hat, dass ihre Mutter kommt. Sie findet immer Verstecke vor ihrer Familie, weil ihr Spinnen und Käfer egal sind und weil sie gern ihre Ruhe hat.

Für Max hat sie immerhin eine Plastiktüte mit heruntergenommen, auf die er sich jetzt setzt. Trotzdem beobachtet er argwöhnisch den Boden um sich herum.

»Wir haben ein Problem«, wiederholt Leonie düster.

Ja, Spinnen, denkt Max, aber er spricht es nicht laut

aus. Außerdem ist er davon überzeugt, dass sie jetzt ein Problem weniger haben, schließlich sind zwei Erwachsene besser als einer und der Troll ist ganz allein. Max zumindest fühlt sich jetzt sicherer.

»Issa«, sagt Leonie.

Max sieht sie verständnislos an. Klar ist die kleine Schwester von Leonie nervig, aber ein Problem?

»Verstehst du nicht?« Leonies Stimme klingt drängend. »Ich glaube nicht, dass wir beide in Gefahr sind. Wir sind doch wohl schon ein bisschen zu groß und zu alt für einen Troll. Aber was ist mit Issa? Was ist mit meiner kleinen Schwester?« Sie sieht Max ernst an.

Der braucht ein wenig, bevor er begreift. »Ach so, der Troll. Weil er kleine Kinder stiehlt. Eventuell stiehlt. Falls es überhaupt ein Troll ist …« Max bricht ab, als er Leonies Stirnrunzeln sieht. »Wir müssen sie bewachen, ganz klar«, schlägt er vor.

Leonie atmet hörbar aus. »Das wird aber nicht einfach werden. Sie kann so nervig sein …« Sie überlegt. »Wir könnten«, beginnt sie dann, »wir könnten die ganze Zeit Issa mit uns herumschleppen und auf sie aufpassen *oder* wir könnten etwas anderes tun …«

»Und was?«

»Wir könnten den Troll ausspionieren. Sehen, was in

seiner Hütte los ist. Ob Knochen rumliegen oder so…« Dann plötzlich schüttelt sie den Kopf. »Wir glauben das nicht wirklich, oder? Wir glauben nicht wirklich, dass dieser Typ mit dem Bart und den langen Haaren, also, dass der tatsächlich ein Troll ist, der einem von uns etwas tut, oder?«

»Ich weiß nicht«, erwidert Max zögernd. »Irgendetwas stimmt nicht mit dem Kerl.« Und das liegt nicht nur an den Haaren und dem unmöglichen Schafspullover oder an der Tatsache, dass er gern nackt im See schwimmen geht. Das liegt irgendwie in der Art begründet, wie er Max' Mutter ansieht. Als wolle er sie tatsächlich fressen. »Was immer er auch ist und was er vorhat«, sagt Max schließlich, »wir werden es herausfinden.« Er hält die Hand hin, Handfläche nach oben.

Leonie schlägt ein, dann schlägt Max wieder drauf, dann krabbeln sie beide mit den Fingerspitzen, ziehen die Hände wieder auseinander: Das ist ihr »Abgemacht«-Ritual.

Troll oder nicht: Sie würden schon mit ihm fertig werden.

3. Kapitel

Maßnahmen gegen Trolle«, schreibt Leonie ganz oben auf das Blatt Papier. Sie kniet dabei auf dem Bretterboden ihres Zimmers und hat die Zunge zwischen die Lippen geschoben. »Erstens.« Sie malt eine Eins und sieht Max erwartungsvoll an. Er hat schon einmal einen Film über Trolle gesehen, heimlich, und ist somit so eine Art Experte.

»Sonne«, sagt Max. »Sonne macht sie fertig, das ist die ultimative Waffe. Sie werden dann sofort zu Stein.«

»Sonne«, schreibt Leonie neben die Eins. »Und was noch?« Sie sieht hoch.

Max überlegt. »Sie sind ziemlich dumm. Sie können ausgetrickst werden.« Obwohl ihm der Trollmann, der inzwischen bei ihnen ein- und ausgeht, recht ausgeschlafen und listig vorkommt.

Drei Tage ist es her, dass er Max' Mutter »gerettet« hat. So bezeichnet sie das, dabei ist der Fuß nicht mal verstaucht, nur geprellt und sie hätte sich gut und gerne auch alleine nach Hause schleppen können. Drei Tage, in denen es regnete, nieselte, stipperte und stippte, Stark- und Platzregen sich abwechselten zwischen Schauern und normalen Regenfällen. Jeden nassen Tag ist der Troll gekommen. Um sich zu unterhalten, um Beeren vorbeizubringen, um Max' Mutter zum Arzt zu fahren. Und das hat gewirkt: Inzwischen findet ihn nicht nur Max', sondern auch Leonies Mutter »einfach sagenhaft«.

Leonie schreibt folglich auch nur zögernd »Austricksen« hinter die Zahl Zwei. Stirnrunzelnd sieht sie wieder hoch.

»Das war's so ziemlich.« Max zuckt mit den Schultern. »Sie können ausgetrickst werden, damit sie den Sonnenaufgang vergessen, und dann werden sie zu Stein. Und dann ist da noch die Sache mit dem Schatz.«

Jeder anständige Troll, der etwas auf sich hält, hat natürlich einen Schatz in seiner Höhle versteckt. Das kann von vergammelten Käsebrötchen bis hin zu Juwelen alles sein: Trolle sind nicht sehr wählerisch. Wichtig an dem Schatz ist nur, dass der Troll daran gebunden ist. Wenn der Käsebrötchen- oder Juwelenschatz ans Licht gebracht wird, muss der Troll ihm folgen und wird folglich sofort zu Stein.

Leonie schreibt auf die Liste: »Seinen Schatz rausholen«. Sie sieht enttäuscht auf das Papier. »Nicht gerade üppig.«

Nein, da muss Max ihr recht geben.

Leonie seufzt, setzt sich auf und legt ihre Liste zu den Malstiften. »Gut«, sagt sie, »dann folgt jetzt Punkt zwei unseres Plans.« Leonie liebt es, Punkte und Unterpunkte und nochmals Unterpunkte zu machen, und Max beschleicht manchmal das Gefühl, dass seine Mutter vielleicht doch nicht so unrecht hat und aus Leonie einmal eine Spitzen-Wissenschaftlerin wird.

»Punkt zwei ist das Ausspionieren. Und wir können gleich damit anfangen.«

Max, der den Regen aufs Dach trommeln hört, verzieht das Gesicht.

»Oh doch, die Gelegenheit ist günstig. Suse ist mit Issa und deiner Mutter einkaufen.« Leonie nennt ihre Eltern immer beim Vornamen. Etwas, woran sich Max nur schwer gewöhnen kann. »Und nachher kommt der Troll sicher wieder rüber, um sich zu erkundigen, wie es deiner Mutter geht. Nein, wir müssen jetzt zuschlagen. Den Troll in seiner natürlichen Umgebung beobachten. Mir nach!« Sie stürmt aus dem Zimmer, den Bleistift wie ein Schwert in der erhobenen Hand.

Max hört ihre Schritte die Treppe hinunterpoltern. Wenig begeistert erhebt er sich, um ihr zu folgen. Keine Frage: Leonie wird einmal eine Wissenschaftlerin. Entweder das oder ihr steht eine glänzende Zukunft als Sklaventreiberin bevor.

Die Hütte des Trolls ist größer als die von Max und Leonie. Sie steht direkt am See. Dahinter erheben sich die mickrigen Felsen, die vielleicht ein paar Flechten, aber niemals einem Troll Unterschlupf gewähren könnten, egal was Leonie behauptet. Nur logisch also, dass der Troll sich eine Hütte mieten musste.

Es ist hell hinter den Fenstern, aber das ist auch kein Wunder: Bei diesem Wetter muss man den lieben langen Tag das Licht brennen lassen. Auf den Stufen, die zur Tür hochführen, sind leere Blumentöpfe aufgereiht. Auf der Veranda steht ein schäbig aussehender, windschiefer Schaukelstuhl. Niemand hat sich die Mühe gemacht, das Kissen zu entfernen, das dunkel vor Nässe und auf einer Seite eingerissen ist. Das Gras steht hoch, die Blumenbeete sind von Unkraut überwuchert. Sicher gibt es hier Kaninchen: Leonie und er spielen manchmal, dass sie gefährlich werden. Nur so, weil es schließlich nicht überall Tiger und Löwen geben kann. Oder eben Trolle.

Ein Troll ist nicht nur gefährlich, er ist auch faul: Davon hat Max gelesen. Vielsagend deutet er auf die verwilderten Beete, auf das nicht gemähte Gras. Leonie sieht ihn verständnislos an und zu spät wird ihm klar, dass es im Garten ihrer Familie ähnlich aussieht. »Äh, nichts«, flüstert er. Er starrt wieder angestrengt nach vorne.

»Wir müssen da hoch, auf die Veranda. Ein Fenster ist offen«, sagt Leonie.

Max wird ein wenig schwummerig, aber er folgt seiner Freundin im Indianergang. Den hat er letzten Sommer von Leonies Brüdern gelernt. Über den ungepflegten Rasen, an einer Schaufel vorbei, die im Gras liegt, die Stufen hinauf und nach rechts. Die beiden kauern sich unter das offene Fenster.

Es sind Schritte zu hören. Und Stimmen. Die Stimme des Trollmannes: »... und sie kennt sich aus mit Flechten. Flechten, ha. Hätte mir das mal einer vor einiger Zeit gesagt, dass ich mich für Flechten interessiere …«

Moment mal: Redet der Troll da etwa von Max' Mutter? Klar tut er das. Wer sonst kennt sich hier in der Nähe schon mit Flechten aus? Max kann keine Antwort verstehen, aber er hört die Stimme des Trollmanns klar und deutlich.

»Wusstest du, dass es fünfundzwanzigtausend Arten weltweit gibt? Ja, erstaunlich, oder? Es ist eine Lebensgemeinschaft zwischen einem Pilz und irgendwas anderem, Bakterien glaube ich, so genau habe ich das nicht verstanden. Faszinierend, nicht wahr? Sie müssen zusammenleben, der Pilz und dieses andere Zeug. Erst dann werden sie zur Flechte.«

Blaualgen, denkt Max. Ein Pilz und eine oder mehrere Blaualgen: Diesen Vortrag hat er schon hundertmal gehört, wahrscheinlich öfter.

»Und ich soll Luise helfen, sie zu sammeln. Du hast doch nichts dagegen?«

Die Stimme ist so nah, Max hätte beinah geantwortet. *Allerdings,* hätte er gesagt. *Ich habe sehr wohl etwas dagegen. Hände weg von meiner Mutter!* Er hat schon den Mund offen, als ihm klar wird, dass der Trollmann unmöglich ihn meinen kann. Er unterhält sich mit jemandem, aber mit wem? Max reckt sich ein wenig, um einen Blick zu riskieren, aber Leonie zieht ihm am Ärmel. Sie schüttelt den Kopf.

Nicht mal eine Sekunde später fällt ein Schatten auf sie, das Fenster wird geschlossen.

Max atmet zischend aus. Das war knapp.

Leonie gibt ihm ein Zeichen und wieder schleichen die Kinder gebückt die Treppe hinunter und so schnell sie können durchs Gras. Erst als sie sicher sind, dass der Trollmann sie nicht mehr hören kann, macht Max den Mund auf. Er ist wütend. »Was sollte das? Warum sind wir schon gegangen? Wir haben doch nichts, aber auch gar nichts gesehen?«

»Aber wir haben eine Menge erfahren«, sagt Leonie geheimnisvoll.

»Ach ja? Das mit den Flechten, das hätte ich dir auch vorher sagen können.«

»Nicht das.« Leonie schüttelt den Kopf, was man unter ihrer Kapuze kaum sieht. »Wir wissen jetzt, dass der Trollmann nicht alleine ist. Er hat eine Frau.«

»Eine Frau? Hast du sie gehört?«

»Nein.« Wieder zuckt die Kapuze kurz. »Aber wem sollte es sonst etwas ausmachen, dass der Trollmann Zeit mit deiner Mutter verbringt?«

Die beiden Kinder haben schon kurz danach Gelegenheit, Leonies Theorie zu überprüfen: Der Trollmann ist gegen Abend bei ihnen aufgetaucht, ganz so, wie Leonie es vorausgesehen hat. Nicht vorausgesehen hat sie allerdings, dass er eine Riesenladung Lakritze mitbringen würde.

»Ich dachte, Trolle mögen keine Lakritze?«, flüstert sie Max zu und stößt ihn in die Rippen.

»Tun sie auch nicht.« Max zieht ein missmutiges Gesicht. »Damit will er lediglich *uns* vergiften.«

»Pfff«, macht Leonie nach einem raschen Blick auf ihre Mutter, die den Troll gerade zum Essen einlädt. »Fragt sich nur, wer wen zuerst vergiftet.« Sie hält nicht viel von Suses Kochkünsten.

Trotzdem: Eine gute Gelegenheit, dem Troll mal gehörig auf den Zahn zu fühlen, ist es allemal. Während Max in seinem recht schleimig ausgefallenen Krabbenrührei stochert, beginnt Leonie gleich mit der Vernehmung. »Kommen Sie oft nach Dänemark?«, fragt sie ihn.

Der Trollmann, der sich Peer nennt, nickt. »Mir gehört das Haus hier.«

»Ach«, sagt Luise, die wegen der Überfischung der Meere auf Krabben und wegen ihres Cholesterinspiegels auf Eigelb verzichtet und eine glibberige weiße Masse auf dem Teller hat, die sie »Eiweißomelette« nennt. »Ich dachte, man darf als Ausländer hier keine Häuser kaufen?«

»Doch, wenn man sie nicht als reine Sommerhäuser nutzt. Ich wohne hier den größten Teil des Jahres.«

»Und wovon lebst du?«, mischt sich Suse ein, die gerade dabei ist, ihrer Tochter die Krabben wieder aus dem Rührei zu suchen. Issa hat mitbekommen, dass Max' Mutter keine isst, und will plötzlich auch keine mehr.

»Ich bin Meteorologe«, sagt Peer und verzieht sein Gesicht zu so etwas wie einem Lächeln. Es ist schwer zu sagen, bei all den Haaren.

»Meteorologe, wie interessant!«, reißt Luise das Gespräch wieder an sich.

»Finde ich auch«, lässt Suse das nicht so einfach zu.

»Ich habe in meinem Beruf viel mit Meteorologen zu tun«, versichert Max' Mutter und lächelt siegesgewiss.

Leonies Mutter muss passen. Sie ist Paartherapeutin oder genauer gesagt: Sie war es. Jetzt arbeitet sie als Mutter. Das heißt aber nicht, dass sie das Gespräch nicht in eine andere Richtung lenken könnte. »Ist deine Frau auch mitgekommen?« Es wird einen Augenblick lang still, als sich die Augen von Suse und Luise, von Leonie und Max und selbst von Issa auf den behaarten, riesigen Gast richten.

Der ruhig weiterisst. »Nein«, sagt er. »Ich bin alleine.«

Leonie atmet hörbar aus. Ihre Mutter wirft ihr einen Blick zu und Leonie schaufelt sich schnell etwas Rührei in den Mund.

»Dafür ist das Haus aber sehr groß«, sagt Luise.

»Aber wunderbar gelegen«, wendet sich Suse wieder dem Trollmann zu.

»Das finde ich auch«, versichert Luise rasch.

Und so geht es weiter und weiter. Leonie sieht von einer Mutter zur anderen wie bei einem Tennisspiel und muss sich eingestehen, dass die beiden wahre Verhörspezialistinnen sind. Sie erfahren alles von Peer: Wo er herkommt, dass Segeln und Gitarrespielen seine Hobbys sind, wie alt er ist, ja, selbst welche Art von Nudelsoße er bevorzugt. Leonie hört gespannt zu und weiß, dass er lügt. *Ich bin alleine:* Dieser Satz brennt ihr im Gedächtnis.

Sie und Max wissen, dass es nicht so ist.

»So ein Lügner«, zischt Leonie wenig später. Sie ist schon im Schlafanzug, hat sich aber noch einmal in Max' Zimmer geschlichen, um sich mit ihm zu beraten. Issa schläft schon. Unten hören sie die Erwachsenen lachen.

»Wir müssen es unseren Müttern sagen«, erwidert Max,

der sich die Decke bis unters Kinn gezogen hat. Er findet es ein wenig merkwürdig, dass Leonie in seinem Zimmer ist, während er im Bett liegt.

»Wir können es unseren Müttern nicht sagen«, erwidert Leonie. »Was willst du denn erzählen? Dass wir uns angeschlichen und ihn ausspioniert haben?«

»Genau.« Max nickt, obwohl Leonie das im schummerigen Licht wahrscheinlich nicht sehen kann.

»Nein, das geht nicht. Wir sollen ja nicht mal in die Nähe der Felsen, und dann noch Peer ausspionieren? Den netten Peer?«

»Du findest ihn nett?«

»Mensch, Max: Das war ironisch gemeint.«

»Ach so.« Es wird wieder ruhig zwischen den beiden.

»Retten wir erst einmal eine Mutter«, sagt Leonie dann. »Retten wir erst einmal Suse.«

»Was? Warum das denn?« Max richtet sich auf. Jetzt ist es ihm egal, dass er sein Schlaf-T-Shirt mit Sponge Bob anhat. Ist ja eh viel zu dunkel, um etwas zu sehen.

»Weil das leicht ist«, antwortet Leonie auf seine Frage. »Ich rufe Klaus an und sage ihm, dass er herkommen muss. Dann ist Peer aus dem Rennen.«

Sie betont Peer merkwürdig. So ewig lang, so Pääääär. Wahrscheinlich ist das wieder Ironie, denkt Max sich.

Dennoch: »Das ist ein bescheuerter Plan«, flüstert er. »Wir müssen erst Mama … äh, Luise retten.«

»Ach, und wie willst du das anstellen?«

Max öffnet den Mund, schließt ihn wieder. Mit einem Mal spürt er ein hohles Gefühl in der Magengegend.

»Nichts für ungut, Max«, sagt Leonie so leise, dass man sie kaum hören kann, »aber ich glaube nicht, dass dein Vater so einfach kommt, um deine Mutter zu retten.«

Max wird wütend. »Aber deiner tut das?«

Leonie nickt. »Wenn wir uns etwas ausdenken.«

Max schweigt dazu. Klingt mal wieder, als hätte Leonie einen Plan.

»Und wenn Klaus da ist«, versucht Leonie, ihn zu trösten, »dann vertreibt er Peer. Und dann ist deine Mutter auch in Sicherheit. Warte mal, ich glaube, der Troll geht gerade.«

Die Kinder lauschen. Tatsächlich hören sie die schweren Schritte des Trollmanns zur Tür gehen und wenig später über die Veranda poltern. Es wird kurz still, dann sagt Leonies Mutter etwas wie »nach den Kindern sehen«.

Leonie steht schnell auf. »Wir reden morgen weiter.« Sie ist ruck, zuck bei der Tür, steckt den Kopf noch mal zurück und flüstert: »Übrigens: nettes T-Shirt.« Dann ist sie endgültig verschwunden.

4. Kapitel

Du … du musst kommen«, schluchzt Leonie tränenerstickt. Ihre Stimme klingt erstickt, weil sie mit dem gestohlenen Handy ihrer Mutter leise reden muss. Und die Tränen kommen von der Zwiebel, die Max ihr unter die Nase hält. »Nein, nicht ganz ab, glaube ich. Ich denke, man kann den Finger wieder annähen.« Sie wirft einen Blick zu Max, der den Kopf schüttelt. »Vielleicht aber auch nicht.«

Max hält die Zwiebel höher. Leonies Stimme erstickt noch ein wenig mehr.

»Der Arzt hat gesagt, es ist ernst.« Leonie zieht die Nase kraus. »Was? Ob er Deutsch spricht? Klar spricht er Deutsch.« Sie dreht den Kopf zur Seite. »Nein, du kannst nicht mit ihm sprechen, weil ich ja Suses Handy habe und sie nicht da ist, weil sie mit Issa ... mit Issa ... jetzt doch lieber ins Krankenhaus gefahren ist.« Leonie wirft Max einen zweifelnden Blick zu.

Sie hatten eigentlich abgemacht, nicht gleich ein Krankenhaus, sondern lieber einen Arzt zu erwähnen. Schließlich beabsichtigen sie ja nicht, dass Klaus einen Herzinfarkt kriegt: Sie wollen ihn bloß herlocken.

»Aber ich glaube dafür doch nicht, dass Issas Finger ab ist«, versucht Leonie, die Krankenhauslüge etwas abzumildern. »Er lag zumindest nicht irgendwo rum oder so.« Sie lauscht in den Hörer.

Max hält ihr fragend die Zwiebel hin, aber Leonie schüttelt den Kopf. »Nein«, sagt sie, »Luise ist mitgefahren. Nur ich bin hier. Und Max.« Sie lauscht noch ein wenig länger. *»Papa«*, sagt sie schließlich. Das ist ihre ultimative Geheimwaffe: Klaus ist ihr Stiefvater und normalerweise nennt sie ihn beim Vornamen. »Du solltest wirklich, wirklich kommen.« Sie lauscht noch einige Zeit in den Hörer, verabschiedet sich dann und drückt auf Aus.

»Und?«, fragt Max atemlos.

»Er kommt.« Leonies Lächeln ist ein wenig unsicher. »Mann, wird der sauer sein. Und das mit der Zwiebel war eine blöde Idee. Das tut nämlich echt weh.« Sie wäscht sich das Gesicht über der Küchenspüle und schimpft leise vor sich hin.

»Aber es hat funktioniert«, erwidert Max ungerührt, der das Handy wieder sorgsam in der oberen Küchenschublade verstaut.

»Ja, hat es wohl.« Leonie kommt mit geröteten Augen zu ihm zurück.

Gemeinsam gucken die beiden durchs Fenster auf die Veranda, wo Peer mit Suse und Luise und Issa zusammensitzt und Kakao trinkt. Gerade beugt er sich herüber und holt irgendetwas aus dem Haar von Max' Mutter. Die Hand von Luises Mutter ruht auf der Stuhllehne neben seiner Schulter.

»Hoffentlich beeilt er sich«, murmelt Max.

Das Donnerwetter, das über Leonie niedergeht, ist erstaunlicherweise nichts gegen das, was Max sich von seiner Mutter anhören muss, nachdem Klaus schon am nächsten Tag mit seinem VW-Bus bei ihnen aufgetaucht ist. Klaus mit Tristan und den Zwillingen Lars und Lukas, um genau zu sein. Georg ist immer noch auf seinem Sprachkurs in Frankreich.

»Ich bin hierhergekommen, um zu forschen«, beginnt seine Mutter. Sie stehen im Garten neben den Hecken, die das Grundstück einrahmen. Die Büsche blühen und sind stachelig und haben unheimlich viele Dornen und Max hat keine Ahnung, wie sie heißen. Im Moment hat er auch andere Sorgen.

»Um zu arbeiten. Du weißt ja wohl, was das heißt.«

Man muss leise sein. Man darf sie nicht stören: Das heißt das. Max kennt es nicht anders. Er ist damit aufgewachsen, leise und unsichtbar zu sein. So leise wie seine Mutter: Selbst wenn sie sich so aufregt wie jetzt, klingt ihre Stimme gedämpft. Ihre »Meinungsverschiedenheiten«, wie sie einen Streit zu nennen pflegt, versucht sie nämlich »zivilisiert auszutragen«. Dabei kann ihre Stimme allerdings ätzend wie Säure werden.

»Wir sind nicht hier, um Ferien zu machen«, fährt seine Mutter leise und ätzend fort.

Ich schon, will Max sagen, kommt aber nicht zu Wort.

»Wir sind hier, um zu forschen. Eine unbekannte Flechtenart zu sammeln und zu bestimmen. Was nicht nur interessant und aufregend, sondern was auch wichtig ist. Für die Wissenschaft.«

In Max' Ohren klingt das, als sei er selbst unwichtiger und uninteressanter als eine Flechte, und das muss man erst einmal schaffen.

»Ich habe Leonie erlaubt mitzukommen, damit du Gesellschaft hast.« Anklagend zeigt seine Mutter zum Haus. »Suse und Issa«, fährt sie fort, »nun gut, die kamen wegen meines Unfalls. Obwohl ich mittlerweile glaube, dass wir das auch alleine geschafft hätten.« Sie wirft einen raschen Blick in Richtung Trollhaus, das man von hier allerdings nicht sehen kann: Die Dornenbüsche verdecken die Sicht. »Aber jetzt auch noch den Rest der Familie herzulocken und das auch noch mit den fadenscheinigsten Lügen …« Sie bricht ab, schüttelt den Kopf. »Finger abgehackt. Welcher Erwachsene glaubt denn so etwas und lässt dafür alles stehen und liegen?«

Max muss an seinen Vater denken. Der wahrscheinlich nicht mal kommen würde, wenn Leonie ihm weismachen würde, dass der Troll Max gerade verspeist und an seinen Knochen lutscht. Dann gerade nicht: Sein Vater braucht nämlich für alles »vernünftige Gründe«. *Nenn mir einen vernünftigen Grund, nur einen!*, ist einer seiner Lieblingssätze. Bei dem Gedanken daran schüttelt Max sich, als sei ihm Wasser in den Kragen gelaufen.

»Hörst du mir eigentlich zu?«, dringt die Stimme seiner Mutter wieder zu ihm durch.

Max kneift die Lippen aufeinander. Ist ja nicht so, als wären *sein* Vater und seine sämtlichen nicht existierenden Geschwister aufgetaucht, oder?, denkt er, sagt es aber nicht laut. Im Gebüsch rascheln gefährlich die Kaninchen. Sie sind sicherlich auf der Jagd.

»Ob du mir zuhörst, junger Mann?«

Unter den Büschen, deren Blüten durch den vielen Regen ganz braun und verschrumpelt sind, hält er Ausschau nach ihnen. Heute nieselt es nur, was unter den hier herrschenden Umständen schon als gutes Wetter durchgeht: Nach dem, was sie die letzten Tage an schlechtem Wetter durchgemacht haben, fehlen eigentlich nur noch ein Lawinenabgang und ein Tornado in ihrer Sammlung. Kaninchen können so etwas ab. Kaninchen sind widerstandsfähig. Und gefährlich.

»Nein«, sagt Max. »Ich kann dich nicht hören. Da ist wohl Wasser in meine Ohren gekommen. Das kommt vor, wenn man seinen Sohn in ein regenreiches Gebiet verschleppt und ihn dann alleine lässt.« Dann kehrt er ins Haus zurück, auch wenn seine Mutter »Max! Max!« sagt. Sie sagt es so leise, er hätte es gut und gerne überhören können. Das ist eben der Vorteil einer Meinungsverschiedenheit: Man kann sie auch einfach so stehen lassen.

»Und es macht dir wirklich nichts aus, Luise, dass wir hier so einfach hereinschneien?« Klaus reicht die Schüssel mit Kartoffeln herüber. Es passen nicht alle um den Küchentisch, also müssen die Zwillinge, Tristan und Max an dem niedrigen Couchtisch essen.

»Aber nein, natürlich nicht«, lächelt Max' Mutter.

»Wir können auch etwas zu der Miete beisteuern, weißt du?«

»Kommt gar nicht infrage.« Seine Mutter ist die Zivilisation in Person. Sie flüstert fast. »Ist doch eh schon alles bezahlt. Und wir haben ja auch, nun ja, genug, äh, Platz.«

Max wartet einen kurzen Augenblick, ob ein Blitz vom Himmel ihre Worte Lügen straft, aber nichts passiert. Ihr wächst nicht einmal eine Pinocchio-Nase.

Von wegen Platz: Die Zwillinge haben ihre Isomatten und Schlafsäcke bei ihm im Zimmer ausgerollt und Max darf jetzt entweder nicht mehr so viel trinken oder er muss fliegen lernen, denn zu Fuß kommt er nachts nicht mehr zur Toilette. Issa schläft mit ihrer Mutter bei Leonie, wie gehabt. Tristan will sich auf der Couch ein

Bett bauen und Klaus im VW-Bus übernachten. Das sei er gewohnt, sagt er, von früher.

Nur Max' Mutter hat ein eigenes Zimmer, in das sie allerdings ihre sämtlichen Papiere und Bücher und Mikroskope in Sicherheit gebracht hat. Nicht mal eine Maus würde da noch reinpassen, und das ist ihr wohl gerade aufgefallen, denn sie isst stumm und mit deutlich verfinsterter Miene weiter.

»Schön«, sagt Klaus und reibt sich die Hände. »So kommen wir auch noch zu unserem Urlaub, was Jungs?«

Tristan erwidert nichts, Lukas nickt nur zögerlich und Lars murmelt etwas von »viel Regen« und »lieber auf Gran Canaria«.

Leonies Mutter füttert Issa mit Kartoffelmatsch und Soße. »Urlaub?«, fragt sie mit zerfurchter Stirn. »Wie lange habt ihr denn vor zu bleiben?«

Das interessiert wohl auch Max' Mutter, denn sie sieht hoch und hört auf zu kauen.

»Ich habe mindestens eine Woche eingeplant«, erwidert Klaus gut gelaunt.

Beide Mütter zucken zusammen.

Leonies Mutter zwingt sich zu einem Lächeln. »Oh, schön«, sagt sie und hält Issa einen vollen Löffel unter die Nase, obwohl die noch kaut.

»Falls es dir nichts ausmacht, Luise«, wendet sich Leonies Vater an die Mutter von Max.

»Was? Nein, überhaupt nicht.« Sie räuspert sich und versinkt mit hängenden Schultern über ihrem Teller. »Ich werde sowieso nicht viel hier sein. Feldforschung, sehr wichtig.« Sie hat ihm und vor allem den Jungs schon den berühmten Flechtenvortrag gehalten, verknüpft mit der dringenden, sehr dringenden Bitte, den Felsen nicht zu nahe zu kommen.

Da Tristan, Lars und Lukas und ihr Vater weder heiß auf Felsen noch auf Flechten sind, geht von ihnen wohl auch keine Gefahr aus.

»Ich brauche einen Internetanschluss«, lässt Tristan sich in diesem Augenblick vernehmen.

»Und wo ist der Fernseher?« Lukas sieht sich suchend um.

»Wir haben die Playstation mit«, ergänzt Lars.

Max' Mutter schüttelt den Kopf. »Es gibt hier kein Internet und auch keinen Fernseher.«

Die Zwillinge blicken sich entsetzt an, Tristan sieht aus, als wolle er in Tränen ausbrechen.

»Es gibt einen wunderschönen See, in dem man schwimmen kann«, mischt sich Leonie ein. Nicht dass sie selbst schon einmal da drin gewesen wäre. Max auch nicht. Ehrlich gesagt haben sie bislang nur den Troll darin baden sehen.

»Einen See?«, wiederholt Lars.

»Schwimmen?«, fragt Lukas.

Tristan ist noch viel zu geschockt, um sprechen zu können.

»Er ist allerdings ganz schön kalt«, sagt Max' Mutter. Ein leises Lächeln spielt um ihre Mundwinkel. »Aber man kann Spaziergänge drum herum machen.«

»Spaziergänge?« Jetzt hat auch Tristan seine Sprache wiedergefunden.

Regentropfen zerplatzen auf dem Dach. Max kann es nicht beschwören, aber er meint, seine Mutter im Gleichklang dazu mit den Fingerspitzen trommeln zu hören. »Und falls es einmal regnet«, und sie richtet ihren Blick vielsagend nach oben, »dann müsst ihr eben drinnen spielen. Ich habe hier irgendwo ein Puzzle rumliegen sehen, wo war es doch gleich? Es war ein Tiger, glaube ich. Tausend Teile.«

Klaus und seine Söhne sehen sich an.

»Weißt du, wo das Puzzle ist, Max?«, fragt ihn seine Mutter mit unschuldigem Tonfall.

Das ist der Todesstoß. »Hier bleibe ich nicht«, sagt Tristan und springt auf.

»Eine Woche? Eine WOCHE?«, ruft Lukas gleichzeitig.

»Tausend!«, sagt Lars so anklagend, als hätte einer der Anwesenden den Tiger höchstpersönlich und bei lebendigem Leib in so viel Teile zerlegt.

In dem daraufhin ausbrechenden Tumult kann keiner mehr ein Wort sagen, geschweige denn verstehen. Lars und Lukas reden auf ihren Vater ein, Tristan auf seine Mutter, die gleichzeitig versucht, mit ihrem Mann zu sprechen. Issa hat die Gelegenheit ergriffen, lautstark zu heulen und einen Tiger als Haustier zu fordern.

Nur Max' Mutter hat sich lächelnd über ihren Teller gebeugt und isst weiter, als ginge sie das alles nichts an.

Leonie und Max werfen sich quer über den Raum einen Blick zu, Max nickt beinah unmerklich.

Leonie steht auf. »Und es gibt einen Troll«, lässt sie sich klar und deutlich vernehmen.

Das hat eine umwerfende Wirkung. Die Zwillinge schweigen, Tristan dreht sich zu ihr um. Klaus sieht interessiert hoch, während sowohl Leonies als auch Max' Mutter rot werden. Selbst Issa gibt nur noch ein, zwei Schluchzer von sich und wird dann still.

»Was für einen Troll?«, fragt Tristan.

»Einen großen, behaarten. Ganz wie man ihn sich vorstellt«, sagt Leonie.

»Stimmt«, sagt Max und steht ebenfalls auf. »Er hat ein totes Schaf an.«

Die Zwillinge sehen erstaunt zwischen beiden hin und her, Tristan steht der Mund offen.

»Was hat es damit auf sich?«, will ihr Vater wissen.

»Das haben sie sich ausgedacht. Über unseren Nachbarn«, sagt Leonies Mutter, deren Gesichtsfarbe mit einem Mal ihren Igelstoppeln gleicht.

»Weil er, nun, ein wenig behaart ist«, ergänzt Max' Mutter, die ein ähnliches Rot angenommen hat. »Und gern nackt badet.«

»Peer ist eben recht … ungezwungen«, sagt Mutter eins. »Und hier ist ja niemand, also, niemand außer uns, es ist also ganz natürlich … Ich meine, wer braucht schon eine Badehose?«

»Peer hat mich gerettet, als ich mir den Fuß vertreten habe«, murmelt Mutter zwei. »Da hatte er natürlich seine Sachen an«, fügt sie rasch hinzu und wird noch roter, als sie ohnehin schon ist.

Jetzt sieht Klaus wachsam, geradezu alarmiert aus. »Peer also?« Er streicht sich über seinen eigenen Haarzopf, der zwar lang, aber nicht so lang wie der vom Trollmann ist. »Nun, dann wollen wir ihn wenigstens einmal kennenlernen, euren geheimnisvollen, nackt badenden Nachbarn.«

Leonie und Max sehen sich erleichtert an. Nur Issa fängt wieder an zu heulen: Sie will jetzt auch einen Troll. Einen eigenen.

»Raus mit der Sprache: Was hat es mit dem Troll auf sich?«, will Lars wissen.

Auch wenn Leonies Vater sich leicht davon überzeugen ließ, dass jemand dem Troll aufs Fell sehen sollte, sind seine Söhne nicht wirklich dazu bereit, dafür eine ganze Woche in einer dänischen Hütte zuzubringen und Tigerpuzzle zu lösen. Noch nicht. Nur die Lakritze, die der Troll dagelassen hat, die gefällt ihnen: Vor allem die Zwillinge essen sie stets und ständig und sogar zum Frühstück.

»Ich glaube nicht an Trolle«, sagt Lars und kaut auf einer Lakritzestange.

»Ich auch nicht«, sagt Lukas, was keine Überraschung ist: Die Zwillinge sind eh immer einer Meinung. Er wirft sich eine Handvoll Salmiakpastillen in den Mund.

»Und ich schon gar nicht«, sagt Tristan abgelenkt. Er hat vorhin entsetzt feststellen müssen, dass sein Handy keinen Empfang hat. Jetzt schleppt er die kleine Telefonleiche mit sich herum und hält sie ab und an in die Höhe, als könne er sie allein kraft seiner Hoffnung zum Leben erwecken.

»Er ist ein Troll«, sagt Leonie, »und er ist hinter Mama her.«

»Und hinter meiner Mutter auch«, ergänzt Max.

Leonie nickt dazu. Sie erzählt ihren Brüdern von Peer. Wie Max und sie ihn das erste Mal gesehen haben, brüllend, nackt, ein totes Wollschaf im Gras. Das sich hinterher als Pullover herausgestellt hat, nun gut, aber als ein scheußlicher. Dass er Max' Mutter bei den Felsen gefunden und zurückgetragen hat.

»Dann muss er wirklich sehr stark sein.« Lukas pfeift durch die Zähne, die vom Lakritzekauen schon ganz schwarz sind.

Max wirft ihm einen wütenden Blick zu.

»Ich meine ja nur…« Lukas zuckt mit den Schultern.

»Er ist schon groß«, nimmt Leonie den Faden wieder auf. »Und er lügt.« Jetzt kommt sie zum interessantesten Teil: ihrem Spionieren, dem Anschleichen. Wie sie eindeutig gehört haben, dass der Trollmann sich unterhält. Dass er um Erlaubnis gefragt hat, mit Luise Flechten sammeln zu gehen. Dass sie davon ausgehen, dass der Trollmann eine Frau hat und trotzdem behauptet, er sei allein.

»Und was hat sie geantwortet, die Trollfrau?«, fragt Tristan, der für den Moment seine Netzsuche und sein

Handy vergessen hat. Sein Arm ist allerdings weiter nach oben ausgestreckt.

»Das konnten wir nicht mehr hören: Er hat das Fenster zugemacht«, erwidert Leonie.

Lukas und Lars hören beide auf zu kauen und pfeifen durch die Zähne.

Tristan nimmt endlich den Arm runter. »Das ist merkwürdig, in der Tat«, sagt er und starrt gedankenverloren auf sein Display.

»Dann bleibt ihr also?«, fragt Leonie und hält den Atem an.

Tristan reißt seinen Blick los, sieht kurz zu Lars und Lukas, die auf seine Entscheidung warten. »Na klar«, sagt er. »Wir finden raus, was mit dem Kerl nicht stimmt.«

Leonie atmet erleichtert aus. Na also. Sie sind dem Troll auf der Spur. Und sie haben Verstärkung.

5. Kapitel

Es regnet. Natürlich regnet es. Inzwischen kommt es den Kindern beinah schon normal vor, in nassen Klamotten durch die Gegend zu laufen. Die drei älteren Brüder von Leonie sind kaum auf das schlechte Wetter vorbereitet: Aus ihren Turnschuhen quatscht das Wasser, ihre Jeans sind kalt und immer ein wenig steif, die Regenjacken hängen schwer auf ihren Schultern. Niemand wird mehr richtig trocken.

Während ihrer kurzen Aufenthalte im Haus werden alle

Sachen über die Heizung gehängt. Die ist dem Ansturm aus feuchten Socken, Hosen und T-Shirts längst nicht mehr gewachsen. Ein muffiger, feuchter Geruch hängt jetzt ständig im Raum und treibt die Kinder schnell wieder nach draußen. Wo sie erneut durchregnen.

Leonie und Max sind in ihren Gummistiefeln noch am besten ausgerüstet, allerdings ist in Leonies blauem Sonnenmantel ein Riss: Sie ist mit der Kapuze in einer Dornenhecke hängen geblieben. Max, dessen Regenjacke dicht ist, wünscht sich seinerseits dringend eine Brille mit Scheibenwischern.

»Ich weiß gar nicht, wie deine Mutter das aushält«, sagt Lukas und wischt sich das feuchte Haar aus der Stirn. »Ständig draußen zu sein mit diesem Peer.«

»Und wie er es aushält«, ergänzt Lars.

»Bei den vielen Haaren kann das Wasser gar nicht bis zu seiner Haut vordringen«, grummelt Tristan. Er zieht sein Handy aus der Tasche, das er liebevoll in Plastikfolie verpackt hat, um ständig überprüfen zu können, ob sich das Mobilfunknetz über Nacht auf wundersame Weise verstärkt hat. Hat es nicht.

»Sie machen Feldforschung.« Max hat das Gefühl, seine Mutter verteidigen zu müssen. Gemeinsam mit dem Troll sammelt sie nun schon seit Tagen Flechten und packt sie sorgsam in beschriftete Falttüten aus Packpapier, die sie »Kapseln« nennt. Die Kapseln bewahrt sie oben in ihrem Zimmer auf, das sie vorsichtshalber abschließt.

»Und so viel Haare hat er gar nicht mehr«, korrigiert Leonie ihren Bruder.

Der Trollman hat sich die Haare gekämmt, was ihn fast ein wenig menschlich macht. Klaus ist auch prompt darauf hereingefallen. Er geht jetzt ebenfalls jeden Abend nackt schwimmen und Leonie hat gehört, wie er Peer einen »netten Kerl« nannte. Tja, von wegen Verstärkung: Klaus können sie bei der Entlarvung des Trolls wohl vergessen.

Wenigstens Leonies Mutter ist in Sicherheit: Suse hat keine Zeit mehr für irgendwelche Trollgeschichten. Sie kocht, wäscht, putzt, beschäftigt Issa und kämpft den aussichtslosen Kampf gegen nasse Kleidung. Fast wie zu Hause. Ja, Suse kann wirklich froh darüber sein, dass ihre Kinder und ihr Mann gerade noch rechtzeitig aufgetaucht sind, um sie zu retten.

Jetzt gilt die Aufmerksamkeit des Rettungstrupps allein Max und seiner Mutter. Sie dürfen Luise nicht im Stich lassen und müssen den Troll und seine Lügen enttarnen.

»Und wie sollen wir das anstellen?«, fragt Lars und

kickt gegen einen Stein. Der Stein rollt nicht mal einen Zentimeter weiter, sondern bleibt hoffnungslos im Matsch stecken.

»Nicht schon wieder beobachten«, stöhnt Lukas.

Alle vier, Max und Leonie, Lukas und Lars sehen zu Tristan. Er ist schließlich der Älteste.

Doch Tristan zuckt nur mit den Schultern. Seine Haare hängen ihm nass ins Gesicht und er zückt sein eingeschweißtes Handy, als könne es ihm etwas raten. »Wir beobachten weiter das Haus«, sagt er schließlich und steckt das Handy wieder in seine Tasche. »Etwas anderes können wir nicht tun.«

Lukas und die anderen stöhnen. Sie sind inzwischen mit jedem Brett des Holzhauses vertraut. Sie kennen jede vergessene Schaufel im Garten, können die leeren Blumentöpfe im Schlaf umgehen und das Innere der Hütte mit verbundenen Augen zeichnen. Die Trollfrau haben sie noch nicht entdecken können. Entweder hält sie sich die ganze Zeit über im oberen Stockwerk versteckt oder sie ist abgereist.

Gegen Letzteres spricht, dass überall Sachen von ihr herumliegen: An der offen stehenden Tür zum Badezimmer hängt ein Morgenmantel mit Rüschen und Blumen. Frauenzeitschriften sind über den Couchtisch verteilt.

Eine Rundhaarbürste liegt unter dem Spiegel im kleinen Eingangsbereich und die Regenjacke an der Garderobe ist viel zu klein für den Trollmann.

Nein, die Trollfrau muss irgendwo da drin sein.

Und den Kindern ist beinah schon egal, ob sie sie entdeckt. Zumindest gehen sie nicht mehr in Indianerart: Beim Schleichen reibt die nasse Jeans immer so unangenehm auf der Haut und das Wasser läuft einem in den Kragen. Indianer konnten das wahrscheinlich nicht wissen, weil es bei ihnen nicht so viel geregnet hat. Nein, Leonie, Max und die anderen gehen aufrecht zur Hütte der Trolle.

Der Regen verwischt die Landschaft, das Gras steht hoch. Man müsste schon genau hinsehen, um die Kapuzengesellschaft zu bemerken, die langsam das Haus umzingelt. Der Trollmann ist mit Luise bei den Felsen. Sie haben wie immer stundenlang Zeit.

»Siehst du was?« Max und Leonie haben die Vorderseite übernommen.

»Nur das Übliche«, sagt Leonie rechts von der Haustür. Sie spricht leise, muss sich aber über den Regen hinweg verständlich machen, der auf das Vordach trommelt. »Nein, warte.« Ihre Stimme klingt aufgeregt. »Die Zeitschriften liegen nicht mehr auf dem Tisch. Da steht jetzt ein Becher, der war gestern noch nicht da. Und das Sofakissen mit dem Herz drauf ist weg.«

»Der kleine Regenmantel ist auch verschwunden«, antwortet Max von seiner Seite der Veranda aus. Er pfeift leise zwischen den Zähnen hindurch. »Jetzt hängt ein Schirm an der Garderobe, den habe ich noch nie gesehen.«

»Also ist sie ausgegangen«, sagt Leonie.

»Muss sie wohl. Allerdings ...« Max verstummt. »Warte mal, da stimmt was nicht.« Er kommt rüber zu Leonie, späht wie sie durch das Fenster rechts der Eingangstür. »Dass der Mantel weg ist, okay. Spricht dafür, dass sie endlich einmal rausgegangen ist. Die Zeitschriften hat sie vielleicht zusammengepackt, aber das Herzkissen? Wer nimmt denn ein Kissen mit auf einen Spaziergang?«

Leonie überlegt. »Vielleicht hat sie es auch weggeräumt? Nach oben mit ins Bett genommen?«

Max macht »Mmh« und kaut an seiner Unterlippe. »Wir müssen Tristan gleich mal fragen, was mit dem Bademantel ist, aber ich gehe jede Wette ein, der ist auch verschwunden.«

Leonie starrt ihn mit großen Augen an. »Und was bedeutet das?«

Max schüttelt den Kopf. »Wenn ich das mal wüsste.«

»Vielleicht ist sie ausgezogen.« Lars versucht, für seine Socken einen Platz auf der Heizung zu finden, was gar nicht so leicht ist.

»Stimmt«, pflichtet Lukas ihm bei. »Sie ist ausgezogen.« Er zieht ein schwarz gefärbtes, durchweichtes Päckchen aus seiner Hosentasche, das einmal seine Salmiakpastillen waren, besieht sie sich und wirft sie schwer seufzend in den Papierkorb.

»Und wann? Mitten in der Nacht?«, fragt Max.

Die Kinder haben sich zur Beratung ins Haus zurückgezogen. Hier ist es wenigstens trocken und sie sind ungestört: Leonies Eltern und Issa sind einkaufen gefahren, Luise ist noch nicht vom Flechtensammeln zurück.

Max putzt sich die Brille am Zipfel seines T-Shirts. »Die Trollfrau ist also abgehauen«, verfolgt er seinen Gedanken, »aber ihrem Trollmann ist das völlig egal und er geht ganz normal mit meiner Mutter Flechten sammeln, als sei nichts passiert?« Max schüttelt den Kopf und setzt die Brille wieder auf. Also ehrlich: Von seinen Eltern ist Max ja einiges gewöhnt, aber so weit würde selbst sein Vater nicht gehen. Na ja, wahrscheinlich nicht.

Die Kinder überlegen.

Lars findet einen Platz für einen Socken, indem er ihn an das Heizungsrohr knotet.

Tristan räuspert sich und legt das Handy endlich einmal einen Augenblick zur Seite. »Fassen wir zusammen: Wir wissen, dass sämtliche Sachen der Trollfrau verschwunden sind. Wir wissen auch, dass sie gestern noch da waren, weil wir sie gesehen haben. Die naheliegende Lösung ist die, dass die Trollfrau tatsächlich ausgezogen ist. Gestern Abend noch oder heute Morgen sehr früh. Möglich wäre es.«

Die Kinder nicken. Ja, das wäre es.

»Und der Grund für ihren Auszug«, fährt Tristan fort, »ist wahrscheinlich deine Mutter, Max.«

»Was? Wieso meine Mutter?«, fährt Max hoch.

»Weil der Trollmann sich in sie verliebt hat«, überlegt Leonie laut. »Und Frauen können es gar nicht leiden, wenn andere Frauen im Spiel sind«, sagt sie wichtig.

»Männer auch nicht«, sagt Lars.

Lukas grinst ihn an. »Männer mögen es auch nicht, wenn andere Frauen im Spiel sind?«

»Andere Männer, natürlich.« Lars streckt ihm die Zunge raus und knotet zeitgleich den anderen Socken fest.

»Nehmen wir also an, der Trollmann verliebt sich in die Mutter von Max«, nimmt Tristan den Faden wieder auf. »Die Trollfrau hat das mitbekommen, ist wütend geworden und ausgezogen.«

»Das war dann wohl sein Plan«, sagt Lukas, der interessiert die am Heizungsrohr herunterrutschende Socke seines Bruder beobachtet.

»Was? Warum?« Alle sehen ihn an.

»Nun, er hat seine Frau doch verheimlicht, oder? Also, entweder hat der Troll geplant, sie dann doch irgendwann aus dem Hut zu ziehen wie der Zauberer das Kaninchen, so in etwa wie: ›Tatata, ich habe doch eine Frau und hier ist sie‹«, und Lukas macht eine Handbewegung, als würde er ein unsichtbares Kaninchen aus einem unsichtbaren Hut ziehen. »Aber dann wären sicherlich alle wütend auf ihn, allen voran deine Mutter, Max. Also wusste er anscheinend, dass sie früher oder später verschwinden würde und dass er sie gar nicht präsentieren muss.«

Seine Geschwister und Max sehen ihn verblüfft an und versuchen, seiner Logik zu folgen.

»Oder«, sagt sein Zwillingsbruder langsam, »er hat dafür gesorgt, dass sie verschwindet. Indem er sie weggebracht hat.«

»Sie umgebracht hat?«, versteht Lukas, der mal wieder von der Socke abgelenkt wird, die unaufhaltsam zu Boden rutscht. »Nein, so weit würde ich nicht gehen…«

»Nicht umgebracht: weggebracht. Obwohl…« Lars bekommt große Augen. »Er wird sie doch wohl nicht *umgebracht* haben?«

Es wird einen Moment lang still.

»Quatsch«, macht Max dann mit einer wegwerfenden Handbewegung. »Nur um meine Mutter zu bekommen, muss er doch nicht seine Frau umbringen. Schließlich ist meine Mutter ja auch noch verheiratet.«

»Ja, noch«, sagt Leonie.

Es wird ruhig. Lukas, Lars und Tristan sehen Max an.

»Wie steht es denn so mit deinen Eltern?«, fragt Lars behutsam nach.

»Sind sie noch zusammen?«, nimmt Lukas wie immer kein Blatt vor den Mund.

Lars gibt ihm einen Stoß, während Max rot wird. Klar, die Geschwister kennen die Geschichte seiner Eltern ja, haben sie hautnah miterlebt. Wie Max' Eltern erst getrennte Schlafzimmer hatten, sich dann ihre Mutter eingeschaltet hat, die immerhin mal Paarberaterin war, wie der Vater von Max zunächst mit in das neue Reihenhaus eingezogen ist, aber sich schon kurz darauf etwas Eigenes gesucht hat. »Trennung auf Probe« nannten er und seine Frau das. Die Probe dauert mittlerweile ein Jahr.

»Irgendwelche Neuigkeiten?«, fragt Tristan vorsichtig.

Max zuckt mit den Schultern. »Papa wohnt immer noch in der kleinen Wohnung neben der Uni. Er und Mama reden nicht mehr miteinander. Und Mama wollte mich die Ferien über nicht zu ihm lassen, weil Papa mich angeblich immer vergisst.«

»Und stimmt das? Vergisst er dich?«, fragt Lukas.

Lars boxt ihn noch einmal.

»Was denn?«, zischt Lukas.

»Ab und an«, antwortet Max und wird noch röter. »Aber nicht sehr oft.«

Tristan und Leonie nicken. Ihr Vater hat sie auch vergessen mit der Zeit, soll dieses Nicken bedeuten. Sie kennen das, sind beide Scheidungskinder, während die Zwillinge Halbwaisen sind. Erst die Heirat ihrer verbliebenen Elternteile machte sie wieder zu einer kompletten Familie.

Das Nicken macht Max wütend. »So ist das nicht«, sagt er. »Es ist nicht wie bei euch. Papa ist Professor, hat viel um die Ohren. Da vergisst er manchmal Sachen. Aber es tut ihm leid, das weiß ich. Und dass er Mama noch liebt, das weiß ich auch. Und deswegen darf sie dieser blöde Troll auch nicht ... nicht ...«

»Bekommen«, schlägt Leonie hilfreich vor.

»Weglocken«, kommt es von Lars.

»Lieben und heiraten«, ergänzt Lukas und wird wieder von Lars geboxt. Er reibt sich wütend den Arm. »Jetzt hör aber mal auf. Was hab ich denn …«

Weiter kommt er nicht. Es wird donnernd an die Tür geklopft und die fünf fahren zusammen. Sie sehen sich an. Leonies Eltern können es noch nicht sein und auch Max' Mutter weiß, dass die Tür zum Ferienhaus nicht abgeschlossen wird.

»Vielleicht der Vermieter«, fürchtet Max, der sich sowieso schon gefragt hat, ob so viele Leute in einem so kleinen Haus überhaupt erlaubt sind.

»Oder ein Nachbar, der sich was ausleihen will«, schlägt Lars vor und Lukas nickt.

»Oder der Troll, der uns belauscht hat«, entgegnet Leonie leise.

Fünf Augenpaare richten sich auf die Tür, als wieder geklopft wird.

»Nun macht schon auf«, lässt sich eine Stimme vernehmen. »Ich kann genau hören, dass ihr da seid.«

»Ist das nicht …«, beginnt Lukas.

»Das ist doch …«, sagt gleichzeitig Lars.

Sie springen auf und hechten zur Tür, um sie aufzureißen.

»Ist offen«, grinsen die Zwillinge die schwarze Gestalt

an, die da pitschnass und sichtbar schlecht gelaunt auf der Veranda steht. Und die eindeutig Georg ist.

Georg, der mitten im Zimmer eine Art Striptease aufführt, um sich seiner feuchten Sachen zu entledigen, wird von den Geschwistern lautstark und zumeist zeitgleich auf den neuesten Stand der Dinge gebracht. Seine Klamotten sind allesamt schwarz: Der Bruder von Leonie ist ein sogenannter Emo und die tragen nur diese Farbe. Seine Unterhosen sind allerdings weiß, wie Max nicht ohne Interesse feststellt.

In einer Trainingshose und einem T-Shirt von Tristan fasst der älteste der Wagner-Geschwister die Angelegenheit schließlich zusammen: »Ein Troll namens Peer ist hinter der Mutter von Max her, nachdem er zuvor schon seine eigene Frau umgebracht hat, ist das richtig?«

»Umgebracht wissen wir nicht«, entgegnet Leonie.

»Vielleicht ist sie auch ausgezogen«, sagt Lars.

»Zumindest sind ihre Sachen nicht mehr da«, fügt Lukas hinzu.

Max nickt nur.

»Dann müssen wir das überprüfen«, sagt Georg und macht Anstalten aufzustehen.

»Jetzt?«, fragt Lars entgeistert und sieht unglücklich

zur Heizung. »Es regnet in Strömen und wir haben überhaupt keine trockenen Sachen mehr …«

»Hast du eigentlich schon erlebt, dass es hier mal nicht regnet?«, fragt ihn sein Zwillingsbruder.

»Oh Mann«, murmelt Lars und macht sich daran, seinen verknoteten Socken vom Heizungsrohr zu lösen.

Kurze Zeit später sind alle in ihren dampfenden, nach Plastik und Schweiß riechenden Klamotten unterwegs. Der Regen kommt zur Abwechslung einmal schräg von vorne und läuft den Kindern am Gesicht herunter. Lars beißt von einer nassen, glitschig aussehenden Lakritzestange ab und hält seinem Zwillingsbruder den Rest hin, der sie sich wortlos in den Mund steckt. Niemand sagt etwas, bis auf Tristan, der Durst hat und dem es daher egal ist, wenn es ihm in den Mund regnet.

»Warum bist du eigentlich hier?«, will er von seinem älteren Bruder wissen.

Stimmt ja: Das haben sie vor lauter Aufregung um den Troll völlig vergessen. Die Kinder spitzen die Ohren, auch wenn sie ihren Mund tunlichst geschlossen halten.

Georg muss wohl oder übel antworten. »Bin rausgeflogen«, hält er seine Antwort so knapp wie möglich.

»Warum denn rausgeflogen?«, hakt Tristan nach.

»Erzähle ich später«, erwidert Georg, der keine Lust darauf hat, aufgeweicht und dazu noch ertränkt zu werden.

Die Kolonne stapft schweigend weiter, bis sie am Trollhaus angekommen ist. Es sieht abweisend und leer aus, so wie immer. Das Gras ist hoch, auch wie immer, die Blumentöpfe fangen wie stets den Regen auf, die Kaninchen verstecken sich in ihren Löchern. Und doch …

»Wartet mal.« Max greift Leonies Arm.

Alle bleiben stehen.

»Was denn?« Leonie ruckt ihre löcherige Kapuze zurück, damit sie ihn ansehen kann. Ihr Haar ist vorne klitschnass.

»Das Blumenbeet«, sagt Max und zeigt hinüber zur Hecke. »Sah das heute Morgen auch schon so aus?«

»Ja, allerdings«, nickt Lukas. »Wollte ich euch noch sagen, hab's aber vergessen. Jemand hat es umgegraben. Das Unkraut entfernt und so. Warum? Ist das wichtig?«

»Vielleicht«, sagt Tristan zögernd. Er wirft seinem älteren Bruder einen besorgten Blick zu.

Georg legt unauffällig seinen Finger an die Lippen, aber nicht unauffällig genug: Max hat es gesehen. Und er ahnt, was Georg und Tristan beunruhigt, weil es auch ihm als Erstes eingefallen ist: Das umgegrabene Blumenbeet hat genau die richtige Größe für ein… ja, für ein Grab.

»Kommt weiter«, sagt Georg knapp und übernimmt die Führung.

Die anderen folgen ihm.

Sie gehen dreimal ums Haus herum, blicken durch jedes Fenster. Es ist aufgeräumt, ordentlich bis auf die zurückgelassene Tasse auf dem Couchtisch. Spuren einer anderen Person außer dem Trollmann gibt es nicht mehr. Alles sieht so aus, als hätte er schon immer hier gewohnt. Allein.

»Und ihr seid sicher, dass ihr euch das mit dem fremden Regenmantel und dem Herzkissen nicht nur eingebildet habt?«, fragt Georg stirnrunzelnd.

»Todsicher«, antwortet Lukas und muss gleich wieder einen Rippenstoß von seinem Zwillingsbruder einstecken. »Was denn? Das sagt man doch nur so…«

»Und was ist das?« Georg zeigt in die hinterste Ecke des Gartens. Von hier aus wirkt es beinah so, als stünde ein winziges, windschiefes Gebäude im See.

»Och, das ist nur ein alter Bootsschuppen«, erwidert Tristan. »Keine Ahnung, ob ein Boot drin ist oder nicht, aber eine Menge Ferienhäuser, die an den See grenzen, haben so etwas. Auf der einen Seite ragt der Schuppen direkt in den See, aber man kann nicht reinsehen: Es gibt kein Fenster. Und an der Tür hängt immer so ein großes, rostiges ... Moment mal!«

Max und die anderen drehen sich um. Und sehen auf Anhieb, was auch Tristan aufgefallen ist: Das Vorhängeschloss ist weg.

»Wer sagt's denn«, grinst Georg.

Entschlossen und neugierig folgen die Kinder ihm, als er als Erstes auf den Schuppen zugeht.

Das alte Bootshaus ist schmal, kaum mehr als eine lang gestreckte Hütte ohne Fenster, die in den See hineinragt und von der die Farbe schon seit Langem abgewaschen wurde. Ihr Holz sieht morsch aus.

Georg öffnet die Tür, wirft seinen Geschwistern und Max einen vielsagenden Blick zu und verschwindet in ihrem Inneren. Er bleibt dicht beim Eingang stehen und trotzdem klingt seine Stimme schon ganz dumpf: »Also, ein Ruderboot kann ich sehen, aber es wirkt nicht gerade brandneu und hält sicherlich nicht dicht. Und der hintere Teil der Hütte ist abgesackt: Da ist überall Wasser. Rechts und links sind Regale angebracht. Darauf liegen, mmh, da, das sind wohl Polster von Liegestühlen, igitt, alle ganz feucht und stockig. Verschimmelt, regelrecht. Ein Grill: Da in der Ecke ist ein Grill. Er ist voller

Rost: Den hat bestimmt seit Ewigkeiten niemand mehr benutzt. Und hier liegt Feuerholz, auch schon vergammelt. Ein Besen, ein paar Gartengeräte, eine Schere und hier ist ein Karton ...« Seine Stimme verstummt.

»Was denn?«, fragt Leonie und hüpft hoch, damit sie über die Schultern der Zwillinge sehen kann.

Georg erscheint so plötzlich im Türrahmen, dass sie zurückzuckt. Ausgestreckt, am langen Arm vor sich hält er das Kissen. Das Kissen mit dem aufgestickten roten Herz.

6. Kapitel

Davon auszugehen, dass der Nachbar ein Troll ist, ist das eine. Anzunehmen, dass er auch noch ein Mörder ist, etwas ganz anderes.

»Wieso eigentlich?«, fragt Max. Er sitzt mit Leonie unter der Veranda auf seiner mehrfach gefalteten Plastiktüte. »Wir wussten doch, dass Trolle Menschen töten, oder?«

»Schon«, erwidert Leonie, »aber wir haben ja nicht dran geglaubt. Nicht so richtig, zumindest.«

Über ihnen wird immer noch geschimpft. Leonies Mutter regt sich fürchterlich darüber auf, dass Georg aus dem Sommercamp geflogen ist. Genauer gesagt, ist er gar nicht erst aufgenommen worden: Da die Gebühr für das Camp nicht bezahlt worden war, konnte er gleich wieder abreisen. Zunächst haben sich seine Eltern gestritten, wer von ihnen an Georgs Rauswurf schuld und für die Bezahlung zuständig ist. Für Bankgeschäfte im Allgemeinen und Überweisungen im Besonderen, wer was wo ablegte und was daran falsch war. Danach ging es um Georgs miese Sprachkenntnisse und seine Schulnoten, besonders um sein mangelhaftes Französisch und dass er sich überhaupt mehr anstrengen müsse. Klaus' Bemerkung, er könne jetzt ja Dänisch statt Französisch lernen, wurde als nicht gerade hilfreich abgetan.

Als dann noch erörtert wurde, wer von den anderen Kindern sich ebenfalls noch anstrengen müsse, und zwar im Haushalt allgemein und in der Schule besonders, hatten sich Max und Leonie rasch unter die Veranda verdrückt.

Hier ist es zwar feucht, aber ruhig. Und die vielen Schnecken findet Max auch nicht halb so ekelig wie Spinnen, die inzwischen wahrscheinlich schon längst ertrunken sind. Nein, Schnecken sind eindeutig die Gewinner des Sommers. Und Frösche.

»Könntest du vielleicht aufhören, den Boden um dich herum abzusuchen, und dich auf unser Problem konzentrieren?«, verlangt Leonie. »Wir haben einen Mörder hier. In unserer Nachbarschaft.«

»Und deshalb sollten wir ja auch die Polizei rufen«, erwidert Max wie schon die Dutzende Male zuvor.

»Das glauben die uns nie«, entgegnet Leonie. Auch nicht gerade ein neues Argument.

»Ein anonymer Hinweis. Mit verstellter Stimme.« Georg hatte sich dazu bereit erklärt, schließlich ist er schon aus dem Stimmbruch raus und klingt am überzeugendsten. Aber es sieht nicht so aus, als würden seine Eltern ihn die nächsten Stunden, Tage oder Wochen aus den Augen lassen. Vielleicht nie mehr.

»Wir brauchen Beweise«, sagt Leonie eindringlich, aber auch das haben sie schon mehrfach durchgekaut: Weder Lars noch Lukas noch Tristan sind bereit dazu, nachts das Blumenbeet umzugraben, wie Leonie es vorgeschlagen hat. Und Max auch nicht.

»Oder«, sagt Leonie jetzt und tippt sich mit dem Zeigefinger an die Zähne, was sie öfter tut, wenn sie überlegt, »wir brauchen jemanden, der sich mit solchen Dingen auskennt. Wie man einen Mörder anzeigt, was man für Beweise braucht, all so etwas.« Sie sieht hoch und ihre Augen blitzen. »Wir brauchen rechtlichen Beistand.«

Max seufzt. Er weiß schon, was jetzt kommt. Aber er hat Leonie auch schon hundert Mal erklärt, dass sein Vater kein Rechtsanwalt, sondern Rechtswissenschaftler ist. Und die praktizieren nicht. Er erklärt es ihr noch einmal.

»Er muss auch nichts praktizieren, was immer das bedeuten soll. Er soll uns einen Rat geben. So wie damals mit der Zeitung.«

»Damals« wollte Max' Vater einen Dieb ertappen, der den Wagners immer die Zeitung stahl. Zu diesem Zweck war er als Indianer verkleidet durch Rhododendronbüsche gekrochen und hatte den Chef seiner Frau gestellt, was zu einer Menge Verwicklungen und schließlich zu einem Häusertausch geführt hatte.

»Ich weiß nicht, ob mein Vater der Richtige ist«, sagt Max zögernd. Was er meint, ist: Er weiß nicht, ob sein Vater überhaupt kommt, wenn er ihn braucht. Und er weiß nicht, ob er das so genau wissen möchte.

Leonie ahnt sein Dilemma. »Er kommt ganz bestimmt. Es geht doch um – Mord.« Das Letzte flüstert sie, um die besonders unheil- und grauenvolle Bedeutung des Wortes hervorzuheben.

Max schüttelt den Kopf. »*Das* dürfen wir auf keinen Fall erwähnen. Das glaubt er uns noch weniger als die Polizei. Wir brauchen einen vernünftigen Grund.« *Nenn mir einen vernünftigen Grund, nur einen!*, hört er in Gedanken den Lieblingssatz seines Vaters.

»Mord ist nicht vernünftig?«, fragt Leonie verdutzt.

»Nein, das macht man ›im Affekt‹. Das bedeutet, man muss sehr wütend sein oder so. Und weil man das ist, bekommt man nicht so viel Strafe aufgebrummt. Es geht auch kaltblütig. Aber vernünftig? Nein, einen vernünftigen Mord gibt es nicht, soweit ich weiß.«

»Ach so.« Leonie ist beeindruckt von Max' Wissen. Nicht zum ersten Mal fällt ihr auf, dass Max bestimmt einmal ein toller Rechtsanwalt wird. Einer, der auch praktiziert. Sie überlegt. Wieder tippt sie dabei unbewusst gegen ihre Schneidezähne. Schließlich seufzt sie. »Es nützt ja nichts. Wir müssen ihm eben die Wahrheit sagen.«

Jetzt ist es an Max, erstaunt zu sein. »Aber es ist doch die Wahrheit, dass der Troll seine Frau getötet und im Garten vergraben hat.«

»Ja schon. Aber wir müssen es anders ausdrücken. Damit es sich vernünftiger anhört.« Sie hebt den Finger. »Wir haben da einen Nachbarn ...«

»Der kein Troll ist…«, ergänzt Max.

»Der überhaupt kein Troll ist, auch wenn er so aussieht, und der vielleicht, nur ganz vielleicht seine Frau im Garten vergraben hat. Wie hört sich das an?« Sie blickt zu Max.

Der schüttelt den Kopf. »Bescheuert. Und selbst wenn mein Vater uns glaubt, wird er uns anschließend höchstens einen Rat durchs Telefon geben. Das wird dann billiger.«

Nein, einen billigen Rat durchs Telefon brauchen sie nicht. Sie brauchen ihn höchstpersönlich. »Also noch mal.« Leonie lässt sich nicht so leicht entmutigen. »Wir haben da einen Nachbarn, der…«, und mit einem Seitenblick auf Max spult sie rasch herunter: »… der sagenhaft aussieht, praktischerweise keine Frau hat, egal aus welchen Gründen, und der sich in Luise verliebt hat und sie entführen, nein, noch besser: heiraten will.«

Max ignoriert jetzt mal das hohle Gefühl in seinem Magen, das er verspürt, als er das hört. »Ja«, nickt er zögernd, »das ist gut. Das könnte klappen.« Obwohl er nicht mehr weiß, ob es seinem Vater etwas ausmacht, dass ein sagenhaft aussehender Mann seine Mutter heiraten will. »Hoffentlich«, setzt er hinzu.

Georg kommt vielleicht nicht dazu, die Polizei mit verstellter Stimme darüber zu informieren, dass der Nachbar seine Frau im Garten vergraben hat (sein Handy hat eh keinen Empfang, ebensowenig wie das von Tristan), aber er kommt dem Mörder dennoch auf unangenehme Art näher: Peer hat sich angeboten, ihm Nachhilfe in Französisch zu geben, als er von der Sache mit dem Feriencamp erfahren hat.

Georgs Eltern haben begeistert zugesagt.

Und Georg fürchtet um sein Leben.

Er will es nicht zugeben, weil das ja auch ziemlich uncool wäre, aber ihm ist doch recht mulmig vor seiner ersten Französischstunde am nächsten Morgen.

»Du schaffst das«, klopft Lars ihm ermutigend auf die Schulter.

»Ich bin mir ganz sicher«, tut Lukas es ihm gleich und nimmt sich die andere Schulter vor.

»Und wenn du Hilfe brauchst: Wir sind in deiner Nähe«, versichert ihm Tristan. »Du brauchst nur zu schreien.«

Ihre Mutter Suse schüttelt verständnislos den Kopf. »Was habt ihr bloß alle heute Morgen? Es geht doch nur um Französisch…«

»Das kann ganz schön hart werden«, sagt Lars, obwohl

er und sein Bruder Spanisch als zweite Fremdsprache haben.

»Man denke nur an all die unregelmäßigen Verben ...«, ergänzt Lukas schaudernd, der sich die französische Grammatik ungefähr so vorstellt wie die spanische.

»Und erst die Aussprache!«, sagt Tristan, der Latein gewählt hat aus dem einzigen Grund, weil das heutzutage niemand mehr spricht.

»Raus mit euch«, sagt Suse nur kopfschüttelnd und schiebt die vier Jungs zur Tür hinaus. »Und lenkt Georg bloß nicht ab und lasst ihn in Ruhe lernen«, ruft sie ihnen noch nach. Sie kann zwar nicht verstehen, warum Lars, Lukas und sogar Tristan ihren Bruder unbedingt zum Französischlernen begleiten wollen, ist aber froh, sie los zu sein. »Und was ist mit euch? Was habt ihr noch vor?«, wendet sie sich an Leonie und Max.

»Nichts«, erwidert Leonie unschuldig. Sie steht mit auf dem Rücken verschränkten Händen vor der Küchentheke und verbirgt, so gut es geht, Max. Hinter sich hört sie, wie leise eine Schublade geschlossen wird. Dann taucht Max wieder neben ihr auf.

»Nichts«, bekräftigt er ebenso unschuldig.

Das Handy von Leonies Mutter ist das einzige, das hier in und um die Hütte herum Empfang hat, und es war alles andere als einfach, es ungesehen an sich zu nehmen und wieder zurückzulegen. Max hat damit unter der Veranda telefoniert. Jetzt atmet er erleichtert aus.

»Gut«, sagt Leonies Mutter nach einem letzten misstrauischen Blick auf die beiden. »Dann geht raus und spielt irgendwas. Sonst suche ich noch das Puzzle.« Und sie zwinkert ihnen zu.

Leonie und Max gehen, um ihre Stiefel und Regenmäntel herauszukramen.

»Und? Alles klar?«, flüstert Leonie noch im Eingang.

»Na ja, so halb«, erwidert Max. Zumindest hat er seine Nachricht durchgegeben. Auf Anrufbeantworter. Jetzt kommt es darauf an, ob sie vernünftig genug war.

Die folgenden zwei Stunden waren unglaublich erholsam. Zwei Stunden, in denen der Trollmann Max' Mutter weder umbringen, entführen noch heiraten konnte, weil er mit Georg Französisch lernen musste.

Das bringt Leonie auf eine Idee. »Wie wäre es, wenn wir ihn dazu bringen, auch mit uns irgendetwas zu üben?«

Alle sitzen auf dem Boden, ihre Brüder und Max im Kreis um sie herum. Auf sämtlichen Stühlen, Tischen und anderen Sitzgelegenheiten liegen nämlich ihre Sachen zum Trocknen. Es riecht stark nach struppigem Hund, obwohl weder die Wagners noch Max und seine Mutter einen Hund besitzen.

»Was denn üben?« Max sieht Leonie stirnrunzelnd an.

»Irgendetwas. Dann wäre der Troll abgelenkt. Nur so lange, bis dein Vater hier auftaucht, Max.«

Lars und Lukas tauschen einen Blick. »Also, wir wollen nichts lernen«, sagt Lukas.

»Wir müssen nichts lernen«, verbessert Lars.

»Genau. Wir können nämlich schon alles«, nickt Lukas.

Das hat Leonie schon vorausgeahnt. »Noten«, widerspricht sie. »Der Trollmann spielt Gitarre und ihr habt eine Band gegründet, um berühmt zu werden.«

»Und um Kohle zu scheffeln«, unterbricht Lukas und Lars nickt.

»Money for nothing, and the chicks for free«, singt Georg und spielt dabei Luftgitarre, was keiner so recht versteht, aber das ist bei Georg öfter der Fall und daher fragt niemand nach.

»Äh … wie auch immer.« Leonie lässt sich nur kurz beirren. »Um eine echt gute Band zu haben, muss man Noten lesen können.«

Die Zwillinge ziehen jeweils eine Augenbraue hoch. Der eine die rechte, der andere die linke.

»Noten?«, fragt Lukas.

»Noooo-h-ten?«, fragt Lars übertrieben lang gezogen.

Doch darüber gibt es keine Diskussion: Selbst Tristan und Georg müssen zugeben, dass wohl die allermeisten Musiker Noten lesen können und wohl auch ein oder zwei Instrumente beherrschen. Georg tut es nicht ohne Schadenfreude, schließlich wäre er dann nicht mehr der Einzige, der dem Troll ausgeliefert ist. Also ist es abgemacht: Die Zwillinge werden Noten lesen lernen.

»Und für Tristan weiß ich auch schon etwas. Tristan will unbedingt segeln«, verkündet Leonie triumphierend.

»Will ich nicht«, sagt Tristan.

»Willst du doch. Das kann der Trollmann nämlich auch, das ist sein Hobby. Hat er uns am ersten Abend erzählt.«

»Gibt es eigentlich irgendetwas, was der blöde Troll nicht kann?«, murmelt Georg vor sich hin.

»Nein«, erwidert Max ernst, der ihn gehört hat, »das ist es ja. Er ist ein sagenhaft gut aussehender, flechtensammelnder Troll, der segelt und Noten lesen kann.« In Gedanken vergleicht er ihn mit seinem Vater. Seinem nicht anwesenden Vater, der unauffällig aussieht und ständig Bücher liest. Für Flechten interessiert er sich ebenso wenig wie für Sport, aber Musik hört er ab und zu. Ob er deswegen Noten lesen kann, weiß Max allerdings nicht.

»Ich hasse Segeln«, lässt Tristan sich vernehmen, der sich nicht so einfach umstimmen lassen will.

»Du bist doch noch nie gesegelt«, erwidert Leonie.

»Deswegen ja. Weil ich es hasse.«

»Papperlapapp«, winkt Leonie ab. »Man kann nichts hassen, was man noch nicht einmal probiert hat.«

Max kann nur bewundern, mit welcher Leichtigkeit Leonie ihre vier älteren Brüder im Griff hat. Beinah so, als würde sie eine Armee befehligen oder so.

»Und ihr? Was macht ihr eigentlich?«, fragt in diesem Augenblick Lars und sieht Max und Leonie durchdringend an.

»Wir passen auf euch auf«, sagt Leonie. »Und«, fügt sie hinzu, als Lukas gerade protestieren will, »wir kümmern uns um die Sicherstellung der Beweise.«

»Und wie wollt ihr das machen?«, fragt Lukas.

»Das lasst mal meine Sorge sein«, erwidert Leonie geheimnisvoll.

Trolle, diese großen und Furcht einflößenden Wesen, bekommen ihre Kinder meist alle auf einen Schlag. Dass ein Troll, dazu noch ein männlicher, so von einem auf den anderen Tag sechs Kinder bekommt, das ist allerdings selbst für Trollverhältnisse ungewöhnlich. Aber so passiert es – und niemand wird hinterher behaupten können, es handele sich nur um eine Sage.

Während Georg morgens sein Französisch verbessert, folgen ihm kurz darauf die Zwillinge, die neben Noten auch gleich noch Schlagzeug und singen lernen. Nach einer kurzen Erholungspause erfährt Tristan alles übers Segeln und muss dazu nicht einmal aufs Wasser, was ihn sehr erleichtert: Die Theorie ist schließlich schon anstrengend genug. Natürlich sagt er das nicht. Natürlich tut er so, als ob er Knoten, Schifffahrtsrecht und Wetterkunde höllisch spannend findet.

Währenddessen graben Leonie und Max im Blumenbeet. Sie haben sich angeboten, den Garten in Ordnung zu bringen. Sozusagen als Gegenleistung für den Unterricht der Jungs. Der Trollmann wollte es natürlich erst nicht zulassen, schließlich würde es schließlich die allermeiste Zeit über regnen und das sei grausam. Und selbst wenn es mal nicht regnen, würde und die Wolken nur dunkel und tief über dem Land hingen, sei die Erde immer noch schwer vor Nässe und voller Würmer, war sein Argument. Viel zu schwer für Kinder.

Leonie und Max kannten natürlich den wahren Grund für seinen Protest, oh ja. Sie ließen sich nicht abspeisen und konnten ihn schließlich davon überzeugen, dass sie Gartenarbeit liebten, egal bei welchem Wetter, und nichts lieber täten, als nasse, schwere Erde umzugraben und Unkraut zu jäten.

»Da ist schon wieder einer«, sagt Max und betrachtet den sich windenden Wurm auf seiner Schaufel, der in etwa die Ausmaße einer kleineren Schlange hat.

»Würmer. Sind. Nützlich.« Leonie gräbt entschlossen weiter.

Ach ja? Mit Todesverachtung schmeißt Max die Erde samt Wurm beiseite. Er sieht ihm nach. »Stimmt es, dass beide Hälften weiterleben, wenn man einen Regenwurm in der Mitte teilt?«

Leonie richtet sich auf und wischt sich das feuchte Haar aus der Stirn. Sie hat die kurze Regenpause genutzt, um sich die Jacke auszuziehen. Unter diesen Gummimänteln schwitzt man wirklich furchtbar. »Weiß nicht«, sagt sie jetzt auf Max' Frage. »Wollen wir es ausprobieren?«

Max zuckt zurück. »Natürlich nicht!«

Leonie grinst. »Forschergeist, Max. Du musst mehr Forschergeist entwickeln.«

Max lächelt schwach zurück. »Ich finde, du hast genug

Forschergeist für uns beide. Schließlich war das hier deine Idee.«

Leonies Grinsen erlischt. Da hat er recht, aber wer konnte schon ahnen, dass die Sicherstellung von Beweisen so anstrengend sein würde? »Falls ich wirklich mal Wissenschaftlerin werden sollte«, seufzt Leonie und greift ihre Schaufel fester, »dann nur eine für die wirklich kleinen Dinge. So etwas wie Flechten. Und da wir gerade von Flechten reden: Was macht deine Mutter eigentlich?«

»Die arbeitet in ihrem Zimmer«, erwidert Max. Jetzt, nachdem der Troll keine Zeit mehr für sie hat und fast alle Wagnerkinder aus dem Haus sind, muss Max' Mutter anscheinend viel weniger Zeit draußen bei den Felsen zubringen und »Feldforschung« betreiben. Sie sitzt gut gelaunt in ihrem Zimmer, untersucht und beschriftet ihre Proben und lässt sich von Suse bekochen. Für die Arbeit draußen hat sie Klaus angelernt, der ihr die Steine, Brocken und Rinden frei Haus liefert.

Schweigend machen die Kinder weiter. Als ein leichter Nieselregen einsetzt, zieht Leonie sich die Jacke wieder über. Sie betrachtet ihre Hände, die dunkel vor Erde sind, und ihre schwarzen Fingernägel. »Was meinst du, wie lange dein Vater noch braucht?«

Max wirft eine Schaufel Erde beiseite. »Keine Ahnung.«

Leonie seufzt. »Er sollte sich wirklich beeilen. Ich weiß nicht, wie lange wir den Troll noch beschäftigen können.«

Oder der Troll uns, denkt Max, aber das sagt er nicht laut. Er muss sparsam umgehen mit seiner Puste.

7. Kapitel

Der Vater von Max lässt sich nicht blicken. Am nächsten Tag nicht, am übernächsten und auch nach drei Tagen gibt es keine Spur von ihm. Max hat ihm noch einmal auf den Anrufbeantworter gesprochen und ist mit seinem Latein am Ende.

»Latein?« Tristan sieht von seinem Segelbuch hoch. »Du hast auch Latein in der Schule?«

»Das sagt man doch nur so«, erwidert Max.

Die Kinder sind alle nicht mehr die aufmerksamsten: Das viele Lernen und Umgraben erschöpft sie und macht sie müde. Es ist beinah ruhig im Zimmer, mal abgesehen vom rhythmischen Klopfen der Zwillinge, die auf drei umgedrehten Keksdosen und einem Waschmittelkarton Schlagzeug üben. So eine Ruhe kommt wahrlich selten vor. Eigentlich nie, soweit Max sich erinnern kann.

Georg gähnt und klappt sein Vokabelheft zu. »Ich glaube, ich habe die vergangene Woche mehr bei Peer gelernt, als ich es den ganzen Sommer über in dem Camp getan hätte.«

»Peer?« Leonie zieht die Augenbrauen hoch.

»So heißt er doch.« Georg zuckt mit den Achseln. »Meine Französischlehrerin wird staunen.«

»Wer wird staunen?«, fragt Lukas, der nicht zugehört hat, weil er gerade mit zwei Karotten eine Übung getrommelt hat.

»Das da war falsch«, zeigt Lars mit einer Lakritzestange auf eine der Noten. »Das ist eine Achtel, keine Viertel. Und hier musst du halten, so tsch, tsch, tsch, tsch.« Er haut auf ein imaginäres Becken.

»Ach ja, stimmt.« Lukas trommelt weiter und hat seine Frage schon wieder vergessen.

Max liegt ausgestreckt auf seinem Bett und besieht sich die Blase zwischen seinem Daumen und dem Zeigefinger. Leonies Mutter hat sie ihm aufgestochen und jetzt hängt sie schlaff und lustlos herunter und tut nur noch weh. Es muss wohl nicht extra erwähnt werden, dass Leonie und er noch nicht einmal ein Haar einer Leiche gefunden haben. Was nicht heißen soll, dass sie nicht da ist, wie Leonie nicht müde wird zu betonen: Sie müssten nur tiefer buddeln. Nun, mit dieser Blase fällt er für weitere Grabungen dann wohl aus, wie Max erleichtert feststellt.

»Wie lange ist deine Mutter denn heute noch mit Peer... äh dem Troll unterwegs, Max?«, fragt in diesem Augenblick Tristan. »Ich meine, da ist doch meine Schicht, da muss ich doch Pe... den Troll übernehmen.«

»Klingt ganz so, als wärst du regelrecht heiß drauf«, sagt Georg beiläufig und reckt sich.

Tristan wird prompt rot. »Quatsch. Natürlich nicht. Aber er ist schon nicht uninteressant, der ganze Segelkram. Und Peer, äh, der Troll hat mir versprochen, dass er sich eins der Segelboote von einem Nachbarn ausleiht. Für die Praxis.«

Leonie sieht ihn erstaunt an. »Aber du *hasst* Segeln.«

»Nun, hassen ist vielleicht ein etwas zu starkes Wort...« Tristan sieht rasch wieder in sein Buch.

Dumm-tschacka-dumm-dumm, kommt es von den Zwillingen.

»Und du bist schlecht in Französisch«, wendet sich Leonie an Georg, der nur mit den Achseln zuckt. »Und ihr… ihr habt selbst gesagt, dass man gar keine Noten braucht für so eine Band«, fährt sie die Zwillinge an und will nach den Karotten greifen.

Lukas hält sie außer Reichweite. »Hey, was soll das?«

»Ja, eben?«, springt Lars ihm bei. »Du warst es doch, die verlangt hat, dass wir den Troll beschäftigen sollen.«

»Ja, aber doch nicht… *so«*, entgegnet Leonie wütend.

»Wie denn?«, fragt Georg nach.

»Als würde es euch auch noch Spaß machen!«, ruft Leonie empört aus.

Georg, Tristan und die Zwillinge sehen sich an.

»Also, mir macht die Buddelei keinen Spaß«, sagt Max im Brustton der Überzeugung vom Bett her.

»Und wir sind auch ohne Noten eine gute Band«, sagt Lars und beißt von seiner Lakritzestange ab, die eben noch ein Drumstick war.

Lukas allerdings ist nicht dazu bereit, seine Karotten herzugeben, und auch Georg und Tristan schauen sich nur schweigend an.

»Was denn?«, sagt Georg schließlich unter Leonies bohrendem Blick. »Ich kann die Nachhilfe in Französisch wirklich gut gebrauchen. Und Peer nimmt noch nicht einmal was dafür. Er sagt, dass es ihm Spaß macht und er seine Kenntnisse auffrischen kann.«

Leonies Blick wandert zu Tristan.

»Ich mag Segeln jetzt doch ein wenig«, gesteht der kleinlaut. »Und Peer hat echt Ahnung von Navigation und Wetterkunde. Ich glaube, der kann einen Sturm schon aufziehen sehen, wenn der gerade mal eine klitzekleine Wolke über Island ist.«

»Na toll«, schnaubt Leonie, als in diesem Augenblick die Tür aufgeht.

Issa kommt herein, einen Drachen aus Papier in der Hand.

Sie strahlt über das ganze Gesicht und hebt den Drachen hoch über ihren Kopf.

»Meiner«, sagt sie stolz. »Hat Peer gemacht.« Sie lässt sich zwischen ihre Geschwister auf den Boden plumpsen.

Leonie und Max sehen sich an. Der Troll macht vor niemandem aus der Familie halt, aber auch vor niemandem!

Peer, der Troll, hat einen neuen Trick gelernt. Da er für die Mutter von Max jetzt tagsüber viel weniger Zeit hat, hat er seine Annäherungsversuche auf die Abendstunden verlegt und sie zu einem Konzert eingeladen. Ursprünglich sollten auch Klaus und Suse mitkommen, doch die wollten das Haus nicht den Kindern überlassen. »Sonst haben wir hinterher kein Haus mehr, haha«, hatte Klaus gescherzt. Max jedoch hat ihn im Verdacht, dass er klassische Musik einfach nicht mag. Und so muss er miterleben, wie sich seine Mutter erst ein Kleid von Suse leiht und dann Ewigkeiten im Badezimmer einschließt. So lange, dass die Zwillinge zum Pinkeln in den Garten gehen müssen.

Als sie endlich herauskommt, sieht sie völlig anders aus. Wie verwandelt. Gar nicht mehr wie meine Mutter, denkt Max, und der Gedanke gibt ihm einen Stich.

»Und? Was sagst du?« Seine Mutter dreht sich vor ihm. Sie hat sogar die Lesebrille abgenommen, die sie sonst immer im Haar hat.

»Mmh«, grunzt Max.

»Gutes Mmh oder schlechtes Mmh?«

Er antwortet erst gar nicht darauf. Das übernimmt Suse für ihn: »Du siehst hinreißend aus, Luise, ganz ehrlich!«

Die Mutter von Max wird rot. »Meinst du wirklich?«

Das tut sie. Und der Troll anscheinend auch, der sie fast mit den Augen auffrisst, als er sie abholt.

»Und jetzt?«, fragt Max seine Freundin, nachdem Klaus die Tür hinter seiner Mutter und ihrem Verehrer geschlossen hat.

»Jetzt rufst du noch einmal deinen Vater an«, sagt Leonie, »und machst ihm ein bisschen Dampf. Nachts können wir sie unmöglich im Auge behalten. Und nachts sind Trolle am stärksten.«

Also macht Max seinen dritten und dringendsten Telefonanruf. Wieder ist nur das Band dran. Er wartet die Ansage ab, dann spricht er darauf: »Ich bin's noch mal, Max. Mama ist gerade mit dem ... dem Nachbarn losgezogen.« Beinah hätte er Troll gesagt. »Sie hatte ein Kleid an. Ein Kleid!« Seine Mutter trug sonst nie Kleider. Und dann kommt Max zum wichtigsten Teil. Den hat er mit Leonie abgesprochen und vorher ganz genau geübt, damit er nicht stockt oder stottert oder sonst wie unglaubwürdig klingt. »Leonie und ich sind ganz alleine in der Hütte. Wir haben Angst. Und zu essen hatten wir auch nichts, weil Mama uns vergessen hat: Sie hat nur ihre Flechten im Sinn. Und den ... den Nachbarn.« Schon wieder wäre ihm beinah der Troll herausgeschlüpft. »Jede Topfpflanze hätte es besser als wir. Viele Grüße, dein Sohn Max.« Das Letzte kam vielleicht etwas plötzlich, aber Georg hat schon wieder an die Tür zum Badezimmer geklopft, wo Max sich eingeschlossen hat. Er drückt schnell auf Aus. Max hat Angst, dass Georg noch rufen oder anderweitig Krach machen könnte: Sein Vater darf doch nicht hören, dass die gesamte Leoniefamilie da ist. Schließlich soll sein Vater denken, dass er und Leonie allein, ängstlich und am Verhungern sind.

»Na endlich«, sagt Leonies ältester Bruder, nachdem Max aufgeschlossen hat, wischt an ihm vorbei und knallt die Tür hinter sich zu.

Max geht ins Wohnzimmer, um Leonies Mutter das Handy zurückzugeben.

»Und? Geht es dir ein bisschen besser? Hast du deinen Vater von uns gegrüßt?«, fragt Leonies Mutter, die gerade Issa füttert. Max hat ihr erzählt, dass er Heimweh nach seinem Vater hätte, und Suse hatte ihm daraufhin ihr Handy überlassen.

»Ja«, sagt Max, »schon viel besser. Vielen Dank. Ich soll auch schön grüßen.« Auf eine Lüge mehr oder weniger kommt es jetzt auch nicht mehr an.

Eigentlich will Max so lange wach bleiben, bis seine Mutter zurückkommt, aber das gelingt ihm nicht: Irgendwann schläft er dann doch ein. Wach wird er von Gepolter, begleitet von einem Schmerzensschrei, noch mehr Gepolter und einem Fluch.

Dann brüllt jemand: »Einbrecher!«, und Max ist mit einem Satz aus dem Bett. Wobei er auf Lukas tritt, der aufschreit und nach ihm schlägt, dabei aber nur Lars trifft, der nach diesem Schlag ebenfalls wach ist.

Unten werden Stimmen laut, jemand stöhnt.

Max reißt die Tür auf und trifft Leonie am Absatz der Treppe, die ihn verstört ansieht. Die Zwillinge brauchen etwas länger, um aus ihren Schlafsäcken zu kommen.

»Ihr wartet hier«, sagt Leonies Mutter, die hinter ihnen aufgetaucht ist. Aus dem Zimmer in ihrem Rücken dringt Licht und Max kann sehen, dass sie einen Kleiderbügel in der Hand hält.

»Trolle?«, flüstert Leonie, die ihrer Mutter ängstlich nachsieht, wie sie die Treppe hinuntersteigt.

Max zuckt mit den Achseln. Rechts und links von ihm positionieren sich die Zwillinge.

»Verdammt noch mal«, wird kurz darauf wieder geflucht. Dann ein Stöhnen.

»Georg, Tristan: Macht mal Licht«, fordert die Stimme von Leonies Mutter.

Es dauert eine gefühlte Ewigkeit, bis es unten hell wird.

Leonie, Max und die Zwillinge hält nichts mehr oben auf ihrem Beobachtungsposten. Mit nackten Füßen klettern sie die Treppenstufen hinunter. Und bleiben erst einmal sprachlos stehen bei dem Anblick, der sich ihnen bietet:

Ein Mann steht mitten im Zimmer. Er ist gefesselt von einer Tischdecke, die Tristan und Georg halten.

Georg steckt noch in seinem Schlafsack und schwankt bedenklich, lässt die Tischdecke jedoch nicht los.

Tristan steht auf einem Bein auf Hunderten kleiner, pappeartiger Flocken. Er trägt nur ein T-Shirt und Unterhosen und selbst in seinem Haar hängen die Flocken.

Das ganze Zimmer sieht aus, als hätte es in ihm braun geschneit. Leonies Mutter hingegen steht in einer olympiareifen Fechtposition, den linken Arm angewinkelt nach hinten gehoben, mit dem rechten hält sie den Bügel vor sich, als wäre es ein Degen.

Alle blinzeln in die ungewohnte Helligkeit. Niemand rührt sich.

»Papa«, ruft Max und die Anspannung löst sich augenblicklich.

Max' Vater stöhnt und greift sich an die Stirn, Tristan hüpft auf einem Bein auf den Flocken herum, die knirschende Geräusche von sich geben, Georg fällt um und Leonies Mutter runzelt die Stirn.

»Peter?«, fragt sie ungläubig.

Max' Vater reißt die Augen auf.

»Suse?«

»Peter«, sagt Leonies Mutter. Sie lässt den Bügel sinken.

»Suse!«

Nachdem das mit den Namen nun eindeutig geklärt ist, kommen die Erwachsenen so langsam zum Kern des Geschehens.

»Hast du… hast du mich gerade mit dem Bügel geschlagen?«, fragt Max' Vater ungläubig.

»Nun ja.« Leonies Mutter versteckt den Bügel hinter ihrem Rücken, als würde es das besser machen. »Ich dachte, du wärst ein Einbrecher.«

»Und da gehst du mit dem Bügel auf ihn los?«

»Mein Schwert habe ich zu Hause gelassen«, erwidert Leonies Mutter, als sei es das Natürlichste der Welt.

»Was ist denn das hier alles?«, mischt Tristan sich in

die Unterhaltung ein. Er hat sich auf einen Stuhl gesetzt und puhlt sich die Pappereste aus den Zehen.

»Cornflakes«, erwidert Max' Vater nun seinerseits in einem Tonfall, als sei es ja wohl selbstverständlich, dass man nachts nur mit einer großen Packung Cornflakes in ein Haus einbrechen kann. Er wendet sich Tristan zu. »Und was machst du hier? Und du? Und überhaupt«, sein Blick geht zur Treppe, zu Max, Leonie und den Zwillingen: »Seid ihr tatsächlich *alle* hier?«

»Alle«, antworten Lars und Lukas im Chor, die inzwischen ihre Stimmen wiedergefunden haben.

»Klaus schläft draußen im Wagen«, fügt Lars hinzu.

»Ah«, macht Max' Vater, »der Bulli in der Einfahrt. Ich habe mich schon gewundert...«

»Und was machst *du* hier? Und das auch noch mitten in der Nacht?«, will Leonies Mutter wissen.

»Ich bin hier, um meinen Sohn zu retten.« Max' Vater wirft ihm einen zweifelnden Blick zu. »Und Leonie selbstverständlich auch.«

»Oje«, flüstert Leonie so leise, dass nur Max sie hören kann.

»Retten? Aber wovor denn?«, fragt Leonies Mutter.

»Vor dem Hungertod«, erwidert Max' Vater und verzieht das Gesicht. »Deshalb auch die Cornflakes. Mein ganzes Auto ist voll davon. Ich dachte, die Kinder würden hier verhungern, weil Luise…« Da scheint es ihm das erste Mal aufzufallen. »Apropos Luise: Wo steckt sie überhaupt?«

»Oje«, flüstert Max so leise, dass nur Leonie ihn hören kann.

»Luise ist… Luise hat…« Eins muss man Leonies Mutter lassen: So leicht lässt sie sich nicht aus der Ruhe bringen. Und eine Verräterin ist sie auch nicht. »Komm doch erst einmal raus aus den ganzen Cornflakes, Peter. Ihr auch, Tristan und Georg. Wir machen jetzt sauber und holen dir etwas Eis für deine Stirn, Peter. Wenn ich mich nicht irre, wird das eine ganz nette Beule geben.« Sie zieht den Vater von Max am Ärmel in Richtung Kühlschrank. »Lieber Himmel, Peter, was war denn das für eine Riesenpackung Cornflakes, wenn ich fragen darf?«, hören die Kinder sie fragen.

»Eine Jumbo-Packung. Ich habe sie auf dem Weg hierher geöffnet und hab daraus gegessen«, erwidert Max' Vater.

Tristan und Georg stapfen aus dem Cornflakes-See, um den Besen und ein Kehrblech zu holen.

»Verhungert?«, sagt Tristan im Vorübergehen zu Leonie und Max, die noch auf der Treppe kauern. Er schüttelt sich ein paar Cornflakesschuppen aus dem Haar. »Mannomann. In eurer Haut möchte ich jetzt nicht stecken.«

8. Kapitel

Am nächsten Tag will irgendwie niemand in jemandes anderen Haut stecken, weil jeder auf den anderen böse zu sein scheint. Zuallererst natürlich Max' Vater auf Max, weil er ihn angelogen hat, aber auch auf seine Frau, die erst um drei Uhr nachts nach Hause gekommen ist. Max' Mutter hingegen ist es völlig unbegreiflich, dass er so eine Lüge über sie überhaupt glauben konnte. Außerdem ist sie grundsätzlich nicht gut auf ihren Mann zu sprechen und lässt sich von ihm auch nicht vorschreiben, wann sie zu Hause zu sein hat. Leonies

Brüder sind eingeschnappt, weil Leonie sie nicht über den Telefonanruf unterrichtet hat, und Leonie ihrerseits hat die Nase voll von ihren Brüdern, die sich in ihren Schlagzeug-, Segel- und Französischstunden ja köstlich zu amüsieren scheinen. Suse ist auch sauer auf ihren Mann, der seelenruhig in seinem Auto geschlafen und sie ganz alleine mit dem vermeintlichen Einbrecher gelassen hat. Es hätte sonst was passieren, sie und die Kinder allesamt abgemurkst werden können, ohne dass er etwas davon mitgekriegt hätte, wirft sie ihm vor. Klaus begreift nicht, dass jemand auf ihn wegen eines Einbrechers wütend sein sollte, der ja gar keiner war. Seine Söhne sind böse auf ihn, weil er jetzt abreisen will und es dann mit ihren Schlagzeug-, Segel- und Französischstunden vorbei wäre. Und selbst Issa ist sauer, weil sie die ganze Aufregung verschlafen hat.

Nur Max ist nicht wütend. Er ist traurig darüber, dass sein Vater gleich wieder abfahren will.

»Du siehst doch, dass man mit deiner Mutter nicht vernünftig reden kann«, sagt er und schließt den leeren Kofferraum: Die Lebensmittel hat er allesamt dagelassen. Wie als Protest öffnet sich die Klappe wieder.

»Aber der Troll ... Aber Peer.« Max macht eine Geste in Richtung See.

Max' Vater seufzt. »Max«, sagt er und es klingt ernst. Er wendet sich seinem Sohn zu.

Max weiß gar nicht, ob er das hören will, was jetzt kommt.

»Max, wir wollten sowieso schon mit dir reden. Gleich nach den Ferien: Wir wollten dir nur den Sommer nicht verderben.«

Max streicht sich das nasse Haar aus der Stirn und blinzelt in den Regen. Der Wind hat aufgefrischt, zumindest nennt Tristan es so, der sich neuerdings gern in Segelsprache ausdrückt. Er behauptet außerdem, ein Sturm würde aufkommen: Peer hat das vorausgesagt. Unter den Umständen kann wohl nicht mehr viel vom Sommer verdorben werden, oder?

»Deine Mutter und ich lassen uns scheiden.«

Oh doch. Kann es doch. Max ist es, als habe eine eiskalte Hand seine Eingeweide gepackt.

»Die Papiere sind schon bei unseren Anwälten und es geht alles seinen Gang. Für dich wird sich nicht viel ändern, Max. Du wohnst weiterhin bei deiner Mutter …«

»Für mich wird sich nicht viel ändern?«, krächzt Max. Seine Stimme ist so belegt, sie kann sich gar nicht befreien. »Nicht viel ändern?«

»Nun, ich bezog mich auf deine jetzige Wohnsituation …«

»Nicht viel ändern.« Max hebt den Kopf und blinzelt in den Regen. Er ist warm, zumindest ist er das, während er seine Wangen herunterläuft. Der Rest von ihm fröstelt. Seine Eltern lassen sich scheiden: Das, was er die ganze Zeit über befürchtet hat, ist eingetroffen. »Und Peer? Und der Mord?«, fragt er verzweifelt.

Sein Vater starrt ihn nur verständnislos an und Max spult alles herunter, was er über die geheimnisvolle Frau des Trolls, über ihr Verschwinden, das umgegrabene Blumenbeet weiß. Selbst in seinen eigenen Ohren klingt es jetzt unglaubwürdig. Als würde er das nur erfinden, um seinen Vater aufzuhalten.

Was der wohl auch so sieht. »Also, weißt du …« Sein Vater verzieht das Gesicht. Mit Kraft drückt er die Kofferraumklappe wieder herunter, die nur zwei Sekunden in dieser Position bleibt. Mit einem leichten Klacken öffnet sie sich wieder.

»Aber es stimmt«, sagt Max aufgebracht, ohne darauf zu achten. »Frag Leonie. Die hat die Frau auch gehört. Und er sagt, er hätte keine Frau. Und dann ist sie mit einem Mal verschwunden und es ist so, als hätte er tatsächlich nie eine gehabt.«

Der Vater von Max scheint zu überlegen. »Mal abgesehen von dem angeblichen Mord…«

Max stöhnt.

»Mal abgesehen davon, und du musst zugeben, dass das wirklich absurd klingt, Max, bleibt die Tatsache bestehen, dass dieser Peer deine Mutter anscheinend belogen hat.«

»Genau.« Max nickt eifrig. »Das ist eine Tatsache.« Und eine Tatsache ist so etwas wie ein vernünftiger Grund.

Sein Vater zögert kurz, dann schlägt er den Kofferraum noch einmal zu und dieses Mal mit Wucht. Die Klappe gibt auf und bleibt geschlossen. »Gut, dann bleibe ich noch bis heute Abend. Bis ich diesen Peer kennengelernt und ihm auf den Zahn gefühlt habe.«

Max fällt ein Stein vom Herzen.

»Aber das ändert nichts an den Dingen, die ich dir vorhin gesagt habe.«

Die Scheidung, ach ja. Selbst wenn der Troll ein Lügner ist, werden sich seine Eltern scheiden lassen. Der Stein ist auf Max' Herz zurückgerollt.

Doch da kommt ihm die rettende Idee. Einmal vorausgesetzt, dass der Troll ein Mörder ist: Was, wenn sein Vater davon überzeugt werden kann, sich dann aufmacht und seine Frau vor diesem Unhold rettet? Sie müsste ihm doch ewig dankbar sein, wenn ihr Mann sie davor bewahrt, ermordet zu werden?

»Kein Mord, keine Scheidung«, murmelt Max, der seinem Vater ins Haus folgt. So einfach ist das.

»Es ist meine einzige Chance«, fleht Max. Wenn Leonie ihn jetzt auch noch im Stich lässt, ist alles verloren. »Wir müssen meinem Vater beweisen, dass der Troll seine Frau ermordet hat. Und zwar bis heute Abend.«

»Aber der Sturm«, sagt Leonie und blickt besorgt zum Fenster. »Peer hat gesagt, er wird schlimmer, richtig schlimm. Und dass wir heute lieber im Haus bleiben sollten...«

Es ist noch nicht viel vom Sturm zu sehen. Nur der Regen peitscht ein wenig kräftiger als gewöhnlich gegen das Fenster. Gut, ein paar Birkenbäumchen neigen sich demütig zur Erde und die Heckenrosen werden arg zerzaust. Das ist aber auch schon alles.

»Peer hat gesagt, Peer hat gesagt.« Max haut auf sein Kissen. »Du klingst schon genau wie deine Brüder.«

Das lässt Leonie nicht auf sich sitzen. Ihre Augen verengen sich zu Schlitzen. »Tue ich nicht«, zischt sie gefährlich.

Max findet es jetzt doch besser zu schweigen.

»Dieser Peer mag ja alles sein: ein Troll, ein Verführer, vielleicht sogar ein Mörder«, fährt sie fort, »aber wenn er sagt, dass ein Sturm kommt, dann sollte man ihm besser glauben.«

»Ja«, nickt Max widerspenstig, »wenn man auf See ist oder in der Luft oder so. Aber wir sind hier auf dem platten Land: Hier gibt es nicht mal anständige Bäume! Was, bitte schön, soll uns ein Sturm denn anhaben können?«

Das weiß Leonie auch nicht. Trotzdem: »Vielleicht sollten wir besser morgen gehen.«

»Morgen!« Max widersteht dem Verlangen, noch einmal auf sein Kissen zu hauen. »Morgen ist es zu spät, morgen ist Papa weg. Er will nur noch Peer kennenlernen und auf den Zahn fühlen. Dann fährt er.«

Leonie wirft noch einen Blick zum Fenster. »Na gut«, sagt sie, »was wir tun, ist Folgendes...«

Zunächst verläuft alles nach Plan.

Leonie und Max essen mit Leonies Familie und den Eltern von Max zu Mittag. Es ist schrecklich eng und vor allem warm: Schwitzwasser läuft von innen an den Scheiben herunter. Niemand kann mehr richtig atmen. Die zwei Elternpaare sitzen mit Issa und

Leonie am Tisch, die Zwillinge und Tristan auf der Couch. Max und Georg müssen auf zwei umgedrehten Eimern Platz nehmen, weil nicht mehr genug Stühle vorhanden sind. Es gibt Spaghetti mit Tomatensoße. Auf der Couch entsteht ein regelrechtes Gerangel bei dem Versuch, genug Ellenbogenfreiheit zu erkämpfen, um Lakritze zu zerpflücken und auf die Nudeln zu streuen: Laut den Zwillingen das »ultimative Geheimrezept«. Georg und Max sitzen zwar wackelig und mit den Tellern auf ihren Knien, haben dafür aber mehr Armfreiheit.

Am großen Tisch wird kaum gegessen und noch weniger geredet. Die Stimmung ist so muffig wie die Luft im Zimmer.

»Und, Peter, wie gehen die Geschäfte?«, versucht der Vater von Leonie, eine Unterhaltung in Gang zu bringen.

»Welche Geschäfte?« Max' Vater sieht auf.

»Das sagt man doch nur so.« Klaus lacht gezwungen.

»Sagt man das?« Max' Vater runzelt die Stirn.

Es wird wieder ruhig, bis Leonies Mutter mit einem Räuspern das Schweigen bricht. »War es denn schön, das Konzert gestern?«, fragt sie.

Max' Mutter wirft einen schnellen Blick auf ihren

Noch-Ehemann, dann nickt sie. »Ja, sehr schön«, antwortet sie.

»Und so lang«, sagt Max' Vater und seine Stimme klingt bissig. »Was haben sie denn bis spät in die Nacht gespielt? Wagner?«

»Als wenn du Ahnung von Wagner hättest«, schnappt seine Noch-Ehefrau zurück.

Danach wird es endgültig still. Nur das Klappern der Gabeln und Löffel auf den Tellern und das Hicksen von Lukas ist zu hören, der einen Schluckauf hat.

Der Wind tost ums Haus und rüttelt an den Fenstern. Die Regenrinne klappert wie eine weggeworfene Blechdose.

Als es an der Tür klopft, ist es schon beinah eine Erleichterung. Georg und Max, die auf ihren Eimern am nächsten zur Tür sitzen, springen gleichzeitig auf, doch Georg ist schneller: Er öffnet Peer.

Und selbst Max muss zugeben, dass der Trollmann recht beeindruckend aussieht, wie er da so groß und braun und windzerzaust in der Tür steht und sich das Wasser aus den Haaren schüttelt.

»Schnell, Georg, Tür zu«, befiehlt Leonies Mutter, die gerade noch so eben einen Stapel Servietten auf dem Tisch festhalten kann, die wegzufliegen drohen.

Georg schließt die Tür, während Peer aus seinen gewaltigen Gummistiefeln schlüpft.

»Was für ein Wetter«, grinst der Trollmann und lässt seine Reihe blitzend weißer Zähne sehen.

Max' Vater steht auf.

Der Trollmann mustert ihn neugierig.

»Das ist mein ... äh, Mann«, sagt Max' Mutter.

Max' Vater nickt.

Der Troll, dessen Grinsen nur unwesentlich schmaler geworden ist, ist mit drei Riesenschritten am Tisch und streckt seine Hand aus. »Wunderbar. Klaus, nicht wahr? Ich habe schon viel von dir gehört.«

Max' Vater sieht regelrecht klein neben ihm aus, als er die dargebotene Hand schüttelt. Aus Verlegenheit darüber und weil er nicht weiß, was er erwidern soll, setzt er sich schnell wieder.

»Sie können meinen Eimer haben«, sagt Max, der den Trollmann jetzt absichtlich siezt. Normalerweise sagen alle Du zueinander, aber das geht jetzt nicht. Nicht, wo sein Vater dabei ist.

»Nein, nein. Peer kann hier sitzen«, sagt Leonies Mutter rasch. »Ich muss sowieso Issa ins Bett bringen.« Leonies kleine Schwester ist neben ihrem Teller mit Spaghetti eingeschlafen.

»Ich helfe dir.« Klaus springt auf. Er hebt seine jüngste Tochter vorsichtig hoch und trägt sie nach oben. Leonies Mutter folgt ihnen, während sich wieder die stickige, ungemütliche Stille über die Übriggebliebenen senkt.

Max ist neben dem Tisch stehen geblieben, die Hände auf dem Rücken verschränkt. Er sieht erwartungsvoll von seinem Vater zu Peer und wieder zurück.

Sein Vater räuspert sich. »Schön, dass wir uns mal kennenlernen«, sagt er.

Max glaubt, sich verhört zu haben. Schön? Ihn kennenzulernen?

»Ja, finde ich auch«, erwidert der Trollmann.

Max wippt auf seinen Fußspitzen auf und ab. Wahrscheinlich ist das nur die Begrüßung. Selbst bei einem Kampf, beim Judo oder beim Fechten begrüßt man sich, bevor man aufeinander losgeht.

»Und Sie… Sie haben auch ein Haus hier in der Gegend?«, fragt sein Vater.

»Ja, gleich am See.«

»Schön«, sagt sein Vater. »Ist ja auch eine schöne Gegend.«

»Ja, sehr schön«, erwidert der Troll.

Viel zu viel »schön« für Max' Geschmack.

»Und es gibt sicher viele Flechten.« Das Letzte sagt sein

Vater mit Blick auf seine Frau und es klingt ein wenig zynisch.

Der Troll tut so, als hätte er das gar nicht bemerkt. »Ja, interessant, nicht wahr? Ein ungeheuer spannendes und weitreichendes Gebiet.«

Max' Mutter wirft ihrem Noch-Ehemann einen triumphierenden Blick zu.

»Aber es gibt Trolle«, kann Max sich nicht länger beherrschen. »Jede Menge gefährliche Trolle.«

Die drei Erwachsenen sehen ihn an.

»Jawohl, gibt es.« Max schreit jetzt fast. »Du hast es gesagt«, und damit meint er seinen Vater. »Du hast gesagt, Dänemark sei stinklangweilig und es gebe nur merkwürdig belegte Brote, Lakritze und Trolle. Das hast du selbst gesagt.«

Sein Vater lacht verlegen und sieht von seiner Frau zu Peer. »Nun ja, was man eben so sagt ...«

»Das ist eine Tatsache. Du sagst nur Sachen, die tatsächlich so sind. Und du brauchst immer einen vernünftiger Grund, um etwas zu tun.« Max fühlt, wie ihm heiß wird. »Ich nenne dir jetzt einen vernünftigen Grund. Er hier«, und er zeigt auf Peer, »ist ein Troll. Und er ist hinter Mama her. Also tu endlich etwas!« Und dann, weil ihm so heiß ist und er in dieser Spaghetti-Regenklamotten-Luft kaum noch atmen kann, stürmt Max aus dem Zimmer. Zur Haustür hin, die er gegen den drückenden Wind kaum aufbekommt und auf die Veranda hinaus.

Die Tür schlägt krachend hinter ihm zu.

Das war nicht der Plan. Aber es ist noch nicht zu spät dafür. Und so muss Max auch nicht lange auf Leonie warten. Nur so lange, wie er braucht, um in seine Gummistiefel zu schlüpfen, die er und Leonie schon draußen auf der Veranda unter der Bank deponiert haben. Ebenso wie ihre Regensachen. Selbst an eine Taschenlampe hat Leonie gedacht.

Sie kommt kurz nach ihm heraus und schließt die Tür hinter sich. »Alles in Ordnung?«, fragt sie Max, während sie ihre Stiefel hervorkramt.

»Na ja«, knurrt Max. Es fühlt sich immer noch heiß an in seinem Inneren und seine Ohren rauschen so laut, dass er den Wind und den Regen um sich herum gar nicht bemerkt. Wütend zieht er den Reißverschluss seiner Jacke zu.

Die Tür geht wieder auf und Georg steckt seinen Kopf heraus.

Das ist auch nicht der Plan.

»Wo wollt ihr hin?«, fragt Leonies ältester Bruder.

Leonie richtet sich auf. »Nur so rumlaufen«, sagt sie und stülpt sich die Kapuze über den Kopf. Die Sonne geht über ihrer Stirn auf.

»Das dürft ihr nicht.« Nur in Socken kommt Georg auf die Veranda heraus, bleibt aber auf der Matte stehen. »Ich soll euch wieder zurückholen.«

»Wir gehen nicht weit.«

»Es ist zu gefährlich.«

»Gefährlicher als drinnen?«, mischt Max sich ein.

Georg verzieht das Gesicht. »Nun, Peer sagt, der Sturm wird schlimmer. Er sagt, dass es riskant sei und dass ihr nicht zu weit weglaufen solltet.«

»Aber ein wenig spazieren gehen können wir schon«, entgegnet Leonie trotzig.

»Mit einer Taschenlampe?« Ihr Bruder hat die Lampe sehr wohl gesehen, die sie hinter ihrem Rücken zu verbergen sucht.

»Na gut«, entscheidet Max sich dafür, die Wahrheit zu sagen. »Wir gehen rüber zu Peers Schuppen und holen die Beweise, damit mein Vater sie sieht. Und du kannst mich nicht aufhalten«, sagt er, als Georg den Mund öffnet, um ihm zu widersprechen.

Der Ältere überlegt. »Nun«, sagt er zögerlich, »aber beeilt euch. Wenn ihr in einer halben Stunde nicht zurück seid, sage ich Peer und unseren Eltern Bescheid, verstanden?«

Max und Leonie nicken. Sie sind einverstanden.

»Dann haut schon ab«, knurrt Georg und macht, dass er wieder nach drinnen kommt. Der Sturm reißt ihm beinah die Klinke aus der Hand. Mit einem Ächzen schiebt sich sogar die Verandabank nach einer besonders heftigen Windböe ein paar Zentimeter über den Boden.

Leonie bemerkt es mit einem besorgten Blick. »Na dann mal los«, sagt sie wesentlich entschlossener, als sie sich fühlt.

9. Kapitel

Der Schuppen ist verloren: Das sieht man auf den ersten Blick. Der See hat ihn beinah völlig umspült, seine kleinen, aufgeregten Wellen lecken wie weiße Zungen an dem Holz. Nur ein schmaler Weg ragt noch vom Garten zum Eingang heraus wie eine Zugbrücke. Die Heckenrosen stehen unter Wasser, vom frisch geebneten Blumenbeet ist nichts mehr zu sehen.

»Zu spät«, ruft Leonie über den tosenden Wind hinweg. Sie muss ebenso wie Max ihre Kapuze festhalten, die ihr sonst vom Kopf gerissen würde.

Max schüttelt wild den Kopf, zeigt auf den Eingang des Schuppens, der noch im Trockenen liegt.

»Aber das Gebäude ist so alt.« Es sieht aus, als klammere es sich nur noch mit letzter Kraft ans Ufer und könne jederzeit in den See rutschen.

»Wir müssen es versuchen.« Max deutet auf das weggespülte Blumenbeet. »Er kommt sonst davon.« Entschlossen stapft er über die nasse Wiese, die bei jedem seiner Schritte nachgibt. Fast kommt es ihm vor, als sei der See schon unter ihm, als würde er sich von unten hochdrücken, um Max, das Gras und den Bootsschuppen zusammen in die Tiefe zu ziehen.

Die Erde vor der Holztür ist fester. Hier nimmt auch das Geräusch des Windes ab, der über den See fegt.

Max wartet, bis Leonie neben ihm steht. Sie streift ihre Kapuze ab, blickt zweifelnd an dem kleinen Gebäude hoch, das sie immer noch um mindestens zwei Meter überragt. »Meinst du wirklich, es hält noch durch?«

»Klar«, sagt Max und versucht, das nagende Angstgefühl in seinem Magen zu ignorieren. »Los. Wir beeilen uns.«

Er zieht die Tür auf, die sich nass anfühlt und schwer in den Angeln hängt. Seeluft schlägt ihnen entgegen und der Geruch von etwas Kaltem, Modrigen. Etwas, das schon lange in der Erde lag und jetzt herausgespült wurde.

Max nimmt seinen Mut zusammen und betritt das Bootshaus. Der Wind ist im Schuppen merkwürdigerweise lauter als davor, aber das liegt daran, dass die hintere Wand so löcherig ist wie ein Schweizer Käse. Unter ihr schwappt dunkel das Wasser des Sees, das mittlerweile schon über die Hälfte des Gebäudes erobert hat. Auf dem Wasser dümpelt das Ruderboot, das Georg ihnen bei ihrem ersten Besuch beschrieben hat. Es ist tatsächlich nicht dicht, bewegt sich zwar leicht, ist aber dabei vollzulaufen. Rechts und links drückt der See zu ihnen hinein. Nur die oberen Regale sind noch einigermaßen trocken.

»Den Karton«, ruft Leonie. »Wir müssen den Karton finden.« Sie wendet sich nach links und knipst die Taschenlampe an, obwohl man noch ganz gut sehen kann.

Max geht um die Spitze des Bootes herum nach rechts. Der Boden wird sofort matschiger, Wasser schwappt in Richtung seiner Stiefel. Über ihm ächzt und stöhnt das Holz. Durch ein Loch an der Hinterwand kann Max die Wolken über den Himmel jagen sehen.

Er lässt seinen Blick über Liegestühle gleiten, vergammelte Polster, in denen die Mäuse nisten, einen Grill, über Werkzeuge und was ist das da? Ein Strohhut? Max will ihn gerade hervorziehen, als mit einem satten Schlag die Tür zufällt.

Leonie schreit auf.

Dreck rieselt auf Max herab, kurz darauf auch Regen: Die Erschütterung hat genügt, um einen Riss im Dach zu vergrößern.

»Nichts passiert«, sagt Max und blinzelt. »Und bei dir?«

»Auch nichts«, kommt es von Leonie. »Aber ich habe mich ganz schön verjagt.« Sie leuchtet in Richtung der zugeschlagenen Tür.

Max beugt sich vor, um den Strohhut zu packen. Er muss dazu einen Schritt nach vorne machen und steht sofort im Wasser. Erschrocken muss er feststellen, dass es ihm schon beinah bis zum Stiefelschaft reicht. Vorsichtig streckt er seinen Arm aus und greift nach dem Hut, dann rettet er sich wieder aufs Trockene. Mit seiner Entdeckung in der Hand kommt er zu Leonie herum.

»Da«, sagt er und kann den Triumph aus seiner Stimme kaum heraushalten. »Das ist eindeutig ein Frauenhut.«

Leonie leuchtet darauf. Der Hut ist geschmückt mit künstlichen Kirschen und einer Schleife. Sie schüttelt den Kopf. »Das ist noch kein Beweis. Aber das ist einer.«

Und sie richtet den Strahl der Taschenlampe auf eine Stelle über ihrem Kopf.

Da steht er, der Karton. Das Herzkissen ragt zur Hälfte heraus: Georg hat es nur nachlässig wieder zurückgelegt. Für ihn war es natürlich ein Leichtes, in den Karton zu greifen: Er ist einen Kopf größer als Max und Leonie.

»Und jetzt?«, fragt Leonie.

»Räuberleiter«, entschließt sich Max. Damit der Hut nicht weggeweht wird, setzt er ihn kurzerhand auf. Dann verschränkt er seine Finger, dreht die Handflächen nach oben und bückt sich.

»Mit den Stiefeln?«, fragt Leonie besorgt.

»Wie denn sonst«, gibt Max zurück. Er knirscht mit den Zähnen, als Leonie ihren dreckigen und kalten Stiefel hineinstellt und sich abstützt.

Es gelingt ihr immerhin, das Kissen zu greifen, bevor Max nach vorne fällt und loslassen muss.

Leonie stürzt mit einem Aufschrei neben ihm in das Seewasser, das unter der linken Wand in den Schuppen gedrängt ist. Die Taschenlampe verschwindet auf Nimmerwiedersehen in den Fluten. »Verdammt«, sagt sie und rappelt sich auf. Das Kissen hat sie nicht losgelassen: Es ist klitschnass, genauso wie ihre Hose.

»Tut mir leid«, entschuldigt sich Max.

Leonie muss wider Willen grinsen. »Du siehst echt albern aus mit deinem Strohhut, weißt du das?«

»Und du nass«, grinst Max zurück. »Los jetzt. Wir haben, was wir brauchen. Lass uns gehen.«

In diesem Augenblick gibt der Schuppen ein lautes Ächzen von sich und neigt sich bedrohlich zur Seite.

Max und Leonie ducken sich unwillkürlich, starren angestrengt nach oben zum Dach, dessen Risse größer werden, sich auszudehnen scheinen. Inzwischen regnet es ungehemmt in das verfallene Gebäude hinein. Das Boot schaukelt nun stärker.

»Oje«, sagt Leonie, aber sie sagt es leise, als ob sie Angst hat, durch ihre Stimme allein das Bootshaus zum Einsturz zu bringen. »Wir sollten uns wirklich beeilen.« Das Herzkissen in der Hand folgt sie Max rutschend und mit den Armen rudernd die paar Schritte zur Tür, bis ihr Vordermann so plötzlich stehen bleibt, dass sie auf ihn prallt. Leonie reibt sich über das Gesicht, wo der Strohhut sie gepiekt hat. »Was denn?«

Max antwortet nicht. Er rüttelt an der Tür, die sich nicht mehr öffnen lässt.

Als Leonie einen Schritte zur Seite tritt, sieht sie auch den Grund dafür: Der alte Schuppen hat sich tatsächlich gesenkt. Noch hält er sich, aber die Tür, durch die sie gekommen sind, ist zentimetertief im Matsch versunken.

»Und jetzt?«, fragt sie ängstlich, doch Max hat sich schon auf die Knie heruntergelassen und fängt mit beiden Händen an zu graben.

Leonie tut es ihm nach und merkt schnell, dass ihre Bemühungen vergeblich sind: Der Matsch, den sie wegschaufeln, läuft sofort wieder nach. Leonie kommt auf ihre Fersen zu sitzen. »Das hat keinen Sinn«, sagt sie und sieht blinzelnd hoch in den Regen.

Am Himmel über ihnen sind immer noch die Wolken zu sehen, der Wind jagt sie unvermindert vor sich her. Hinter ihnen nagt der See mit seinen weißen Schaumzähnen an dem Gebäude und das Wasser kommt jetzt von allen Seiten, drückt sich an der eingegrabenen Tür vorbei. Die Balken ächzen.

Leonie wird klar, dass es nur noch eine Frage der Zeit ist, bis das Bootshaus endgültig in sich zusammenfällt.

Die Kinder haben sich ins Boot zurückgezogen. Ängstlich lauschen sie der Naturgewalt um sie herum, mehr können sie nicht tun. Leonie wünscht sich, sie hätte wenigstens noch die Taschenlampe. Ein wenig mehr Licht hätte sie tröstlich gefunden. Sie hat das Kissen im Schoß und den Hut auf dem Kopf: Max hat ihn ihr als Regenschutz überlassen, schließlich hat ihre Kapuze einen Riss. Als ob das noch etwas ausmachen würde: Nass sind sie beide bis auf die Knochen.

Sie sitzen dicht aneinandergedrängt auf der einzigen noch intakten Ruderbank. Leonie zittert leicht. Max klappern die Zähne. Wenn sie nicht vom zusammenbrechenden Schuppen erschlagen werden, müssen sie sicherlich erfrieren, denkt Max und rückt noch ein wenig näher zu seiner Freundin.

»Eine … eine halbe Stunde ist bestimmt schon um«, tröstet er sie und sich selbst gleichermaßen. »Georg hat sicher schon den Erwachsenen Bescheid gegeben.«

Leonie erwidert zunächst nichts. »Hoffentlich hat er das nicht nur so gesagt«, sagt sie dann und so leise, dass Max sie durch den heulenden Wind kaum versteht. »Er ist nämlich keine Petze.«

Der Schuppen knirscht. Irgendwo hinter ihnen platscht etwas ins Wasser, doch die Kinder drehen sich nicht um. Sie beobachten sorgenvoll das Dach des Gebäudes. Oder zumindest das, was noch davon übrig ist.

Und dann hören sie es. Stimmen!

»Max! Leonie! Seid ihr da drinnen?« Es ist eindeutig der Troll.

»Hier! Hier sind wir«, ruft Max und steht so abrupt auf, dass das Boot schwankt. Er klettert über den Rand und hilft auch Leonie heraus. »Hier! Wir sind hier!«, wiederholt er.

»Max!«, hört Max jetzt auch die Stimme seines Vaters. Er hätte weinen können vor Erleichterung!

Durch wadentiefes Wasser waten Max und Leonie in Richtung Tür.

»Bleibt ein bisschen zurück«, ruft die Stimme des Trolls und die Kinder bleiben stehen. Das morsche Bootshaus erzittert, als gegen die Tür getreten wird, und gerät bedenklich in Schräglage. Ein kleines Stück Dachpappe fällt herunter und platscht vor Leonies Fuß ins Wasser. Die Kinder zucken zurück.

Wieder schlägt es gegen die Tür, es kracht ohrenbetäubend. Max und Leonie schreien auf und gehen in die Hocke. Als sie es wagen, den Kopf zu heben, sehen sie eine dunkle Gestalt in der Öffnung, die einmal die Tür war: der Troll. Er ist gekommen, um sie zu holen. Doch dieses Mal fühlen sie nur Dankbarkeit.

»Schnell«, sagt Peer, »hier herüber. Der Schuppen kann jederzeit einstürzen.«

Leonie und Max waten, so schnell sie können, in Richtung des Trolls, der den Schuppen allein mit seinem Körper aufrecht zu halten scheint. Nass hängt ihm das Haar ins Gesicht, Feuchtigkeit hat seinen Wollpullover dunkel gefärbt. An ihm vorbei patschen die Kinder ins Freie, in eine Welt voller Wind und Wasser. Regen peitscht ihnen ins Gesicht, läuft ihnen in die Stiefel. Im Dämmerlicht des Sturms scheint es keinen Horizont mehr zu geben: Der Garten geht übergangslos in den Himmel über. Es heult und jault, als würde ein ganzer Haufen Trolle ein grausiges Konzert geben.

»Schnell, schnell«, befiehlt Max' Vater, der die Kinder in Empfang nimmt. Er schnappt sich Leonie und reißt sie hoch, mit der anderen Hand zieht er Max hinter sich her. Durch den See, der einmal die Wiese war, hinüber zur Hütte des Trolls, die Verandastufen hinauf, in Sicherheit.

Erst dort lässt Max' Vater die Kinder los. Kniet sich vor sie, besieht sich erst Leonie, dann Max. »Alles in Ordnung? Alles in Ordnung mit euch?«

Max kann nur nicken. Sein Blick geht zurück zum Garten, zum See, die eins zu sein scheinen und in deren Mitte sich der Troll befindet. Noch immer scheint er den Schuppen zu halten, alles zu halten, was aufrecht steht: Er ist das letzte Bollwerk gegen den Sturm.

Der nur noch einmal tief Atem holen muss, um sein Werk zu vollenden. Und schließlich, mit einem letzten gewaltigen Heulen, das Gebäude in sich zusammenstürzen lässt.

»Peer!«, schreit Max. Er zeigt mit dem Finger. »Er ist noch da drin!«

Sein Vater zögert nicht lange. Springt die Verandastufen herunter und läuft zurück zum Bretterhaufen, der einmal der Bootsschuppen war. Rechts und links von ihm spritzt nur so das Wasser.

»Oh nein«, sagt Leonie, die neben Max getreten ist. »Kannst du sie sehen? Wo sind sie?«

Es ist alles undeutlich und verschwommen. Balken ragen in den Himmel, ein Haufen Holz liegt auf dem Grund, davor bewegt sich etwas. Es ist der Vater von Max, nein, noch jemand: Es ist der Vater von Max, der Peer hilft, dem großen Peer, der sich schwer auf ihn stützt. Gemeinsam kommen sie über die Wiese, das Wasser spritzt und Max und Leonie hält nichts mehr auf der Veranda: Sie rasen nach unten, den beiden Männern entgegen.

»Ab mit euch«, keucht Max' Vater. »Ins Haus. Los. Bevor euch der Sturm noch wegweht.«

Die Kinder stürmen zurück, die Treppe voran und halten den Männern die Tür auf. Dann verriegeln sie sie fest. Zum ersten Mal seit einer Ewigkeit wird es ruhig: Der Sturm kann ihnen nichts mehr anhaben.

Im Inneren der Hütte legt Max' Vater seine Last auf der Couch ab. Peer sieht bleich aus, er blutet heftig aus einer Wunde auf der Stirn. Er ist zwar bei Bewusstsein, aber er sagt nichts. Seine Lippen zittern.

»Schnell, Max oder Leonie, wir brauchen ein sauberes Tuch. Und eine Decke.« Max' Vater sieht sich suchend um, findet den Lichtschalter und knipst ihn ein paar Mal an und wieder aus, ohne dass etwas passiert. »Kein Strom«, murmelt er.

»Das passiert andauernd«, lässt sich Peer vom Sofa aus vernehmen. Seine Stimme klingt schwach. »Danke.« Er richtet sich auf, stöhnt und drückt sich das Geschirrtuch gegen die Stirn, das Leonie ihm gereicht hat.

»Geht es Ihnen besser?«, fragt der Vater von Max.

Peer grunzt nur.

»Und euch?«, wendet sich Max' Vater an die Kinder. »Geht es euch gut?«

Leonie und Max nicken. Davon einmal abgesehen, dass sie frieren wie die Schneider, fehlt ihnen nichts.

»Sie müssen raus aus den nassen Klamotten«, sagt Peer, dem das Zittern der Kinder nicht entgangen ist. »Wir alle müssen uns umziehen. Mein Schlafzimmer ist oben, vielleicht könnte Max für jeden von uns etwas holen.«

Max lässt sich nicht lange bitten: Er rennt die Treppe hoch. Schließlich kennt er sich im Haus des Trolls ja schon ziemlich gut aus.

»Und wir brauchen etwas Warmes zu trinken. Ich habe einen Gaskocher unter der Spüle, für Notfälle. Milch ist im Kühlschrank, im Schrank daneben ist Kakao und der Kühlschrank steht…«

Leonie wartet erst gar nicht ab. Durch das viele Beobachten weiß sie schließlich sehr genau, wo sich der Kühlschrank befindet.

Als die Kinder verschwunden sind, geht Max' Vater zu Peer hinüber. Er streckt ihm die Hand hin. »Danke«, sagt er. »Dafür, dass Sie meinen Sohn gerettet haben. Und Leonie natürlich auch.«

Peer nickt, dann schlägt er ein. »Ich heiße Peer«, sagt er.

Max' Vater zögert kurz, dann nickt er ebenfalls. »Und ich Peter.«

Max, einen Haufen Klamotten im Arm, hat das gehört. Es stört ihn nicht mehr, im Gegenteil: In weniger als vierundzwanzig Stunden haben gleich zwei Männer ihn vor dem Hungertod und dem Tod durch Ertrinken gerettet, ein Vater und ein Troll. Wie sollte ihn so etwas stören?

10. Kapitel

Und jetzt erzählt mal, was ihr bei dem Wetter in dem Bootshaus zu suchen hattet«, fordert Max' Vater die Kinder auf. Er wirkt nicht allzu streng in Peers übergroßem Pullover, in dem er fast versinkt.

Noch witziger sehen natürlich Leonie und Max aus, die jeder ein Sweatshirt von Peer tragen: Die Ärmel haben sie so oft umgekrempelt, dass sie abstehen wie Schwimmflügel. Beide Kinder haben schon eine Tasse Kakao getrunken und fühlen sich angenehm müde. Draußen kann der Sturm machen, was er will: Hier drinnen ist es warm und trocken, es riecht nach Holz und überstandenen Abenteuern.

»Ich höre«, stört allein der Vater von Max die träge Stimmung.

Leonie zieht sich in ihr Sweatshirt zurück wie eine Schildkröte in ihren Panzer. Max starrt in seine leere Tasse.

»Ich glaube, ich weiß, warum sie gekommen sind.« Peer steht auf. Er ist der Einzige, der einigermaßen normal aussieht, schließlich trägt er ja auch seine eigenen Klamotten. Nur auf seiner Stirn prangt jetzt ein großes Pflaster und seine rechte Augenbraue ist noch blutverklebt. Er bückt sich und holt den Strohhut und das Kissen von der Garderobe hervor, die die Kinder in der ganzen Aufregung völlig vergessen haben.

Max und Leonie fährt der Schreck in die Glieder. Sie sehen sich an.

»Habt ihr das hier gesucht?«, fragt Peer. Seine Stimme klingt nicht wütend, eher erschöpft, und das gibt Max neuen Mut.

»Ja, haben wir«, sagt er. »Es ist nur, weil wir dich reden gehört haben. Du hast geredet, mit deiner Frau. Zumindest glauben wir, dass es deine Frau ist, denn wir haben all die Sachen von ihr hier herumliegen sehen. Und dann bist du mit meiner Mutter losgezogen und ihr habt den ganzen Tag lang Flechten gesucht und auf einmal war alles weg und da dachten wir... dachten wir...« Er sieht hilflos zu Leonie.

»Dachtet ihr was?«, fragt Peer müde.

Leonie steckt die Nase aus ihrem Sweatshirtpanzer. »Das Blumenbeet«, flüstert sie. »Es war umgegraben.«

Peer sieht sie verständnislos an.

»Das Blumenbeet«, erklärt Max' Vater, der ja von Leonies und Max' Verdacht weiß, »hat die Fantasie der Kinder mächtig angeheizt. Sie haben geglaubt, du hättest deine Frau aus dem Weg geräumt und im Garten begraben.«

Peer sieht völlig entgeistert aus. Er starrt auf das Kissen in seiner Hand und zu Leonie, zum Strohhut und dann zu Max. »Ach so«, sagt er dann. Er lacht nicht, er schimpft nicht, und das macht es fast noch schlimmer.

»Tut mir leid«, sagt Max.

»Ja, tut mir auch leid«, flüstert Leonie.

Peer schüttelt den Kopf. »Nein, mir tut es leid. Ich bin euch wohl eine Erklärung schuldig.« Mit dem Hut in der einen und dem Kissen in der anderen Hand setzt er sich zurück aufs Sofa. »Diese Sachen«, sagt er, »gehörten in der Tat meiner Frau. Und sie ist tot: Anna starb vor über einem Jahr bei einem Autounfall.«

Max und Leonie wagen es nicht, sich zu rühren oder sich auch nur einen Blick zuzuwerfen.

Peer hätte es wohl auch nicht gemerkt: Er ist tief in seinen Erinnerungen versunken. »Ich war schon hier, in unserem Sommerhaus. Anna wollte nachkommen. Ich habe auf sie gewartet, aber sie kam nicht. Stattdessen stand irgendwann die Polizei vor meiner Tür. Sie haben es mir dann gesagt.« Er legt das Kissen beiseite, streicht über die Kirsche auf dem Strohhut. »Ich habe alles so gelassen, wie es war. Habe mich beurlauben lassen, bin hiergeblieben. Hier fühlte ich mich ihr näher. Hier konnte ich mit ihr sprechen.«

Jetzt wagt Max doch einen Blick auf Leonie, die blass geworden ist und Peer mit großen, glänzenden Augen ansieht.

»Als ich deine Mutter kennenlernte, Max, war es, als würde ich langsam aus einem Traum erwachen. Ich kann das nicht besser erklären, aber es war, als hätte ich geschlafen und mir würden jetzt endlich wieder die Augen geöffnet. Deine Mutter zeigte mir eine Welt, die die ganze Zeit über schon vor mir gelegen hatte, die da gewesen war und die ich neu sehen lernen musste. Ich sah die Flechten, die Steine, den Himmel und das Moos. Und ich sah sie.«

Er wirft Max' Vater einen raschen Blick zu, dann hängt er den Strohhut an die Sofalehne. »Und eines Tages hatte ich auch die Kraft, die Sachen von Anna zusammenzupacken und im Bootsschuppen zu verstauen. Wieder Ordnung in mein Leben zu bringen. Das Haus aufzuräumen. Das Blumenbeet umzugraben.« Beim letzten Satz lächelt er.

»Tut mir leid«, kann Max nur noch einmal sagen.

»Muss es nicht«, wiederholt auch Peer.

Danach wird es erst einmal still. Der Wind ist leise geworden, wahrscheinlich lauscht auch er der traurigen Geschichte.

»Aber das beantwortet nicht meine Frage«, räuspert sich schließlich Max' Vater, der so etwas immer ganz genau nimmt. »Was wolltet ihr bei diesem Sturm im Bootshaus?«

»Wir wollten die Sachen holen und sie allen zeigen«, sagt Max. »Dann hätte Peer erklären müssen, wo er sie herhat.« Den Schatz ans Licht bringen: So hatte er sich das vorgestellt. Und der Troll folgt seinem Schatz, das tun sie immer, und dann erwischt ihn das Licht. Aber das sagt er nicht laut.

Leonie versteht ihn auch so. Sie zwinkert ihm zu.

»Nun, dann habt ihr ja euer Ziel erreicht«, sagt Max' Vater. »Da habt ihr eure Erklärung. Wäre vielleicht besser gewesen, ihr hättet einfach gefragt.«

»Nein, Peter, das ist nicht fair«, nimmt Peer die beiden in Schutz. »Sie haben gefragt. Sie haben von Anfang an wissen wollen, ob ich eine Frau habe. Und ich habe Nein gesagt, was so nicht stimmte. Ich hätte ihnen von Anna erzählen müssen.«

Max sieht von einem zum anderen, von Peer zu seinem Vater und wieder zurück. So verletzt, sieht Peer auf einmal ganz menschlich aus und sein Vater... nun, wie ein Troll auf keinen Fall, eher wie ein Elf. Die sind ja auch klein und haben eine spitze Nase.

Er schüttelt unmerklich den Kopf. Dänemark hat wirklich eine merkwürdige Wirkung auf Menschen, wenn sie sich allesamt in Trolle und Elfen verwandeln. Eins auf jeden Fall ist es hier nicht: Es ist nicht langweilig. Aber nass. Und apropos nass... »Hört ihr das?«, fragt Max und richtet sich auf.

»Nein, was denn?«, fragt Peer und auch Max' Vater schüttelt den Kopf: »Ich höre nichts.«

»Das ist es ja«, sagt Max aufgeregt. »Der Sturm hat aufgehört.«

»Stimmt«, sagt Leonie, die aufspringt und zum Fenster läuft. »Und es regnet nicht mehr.«

Diese Neuigkeit scheucht alle hoch und raus auf die Veranda. Und tatsächlich: Der Sturm hat die meisten Wolken vertrieben. Der Garten steht unter Wasser, in dem sich eine warme goldene Abendsonne spiegelt.

»Wow«, sagt Leonie.

»Cool«, sagt Max. Beide sehen sich an in ihren Sweatshirts, die ihnen wie übergroße Nachthemden bis zu den Knien reichen, und müssen lachen.

Auch Max' Vater sieht zufrieden über den See und selbst Peer lächelt. Die Sonnenstrahlen lassen sein Haar leuchten.

Falls auch noch die Spur eines Zweifels bestanden hat, dann ist er jetzt ausgeräumt. »Das ist der Beweis«, flüstert Max Leonie zu.

Sie nickt. »Er wird nicht zu Stein«, wispert sie zurück.

Eher im Gegenteil, denkt Max: Er war wohl aus Stein, und dass sein Geheimnis ans Licht gekommen ist, macht ihn wieder menschlich. Es gibt also Trolle, auf jeden Fall. Aber man kann sie wohl auch erlösen. Was man dazu braucht? Nun, wahrscheinlich Mut. Die Wahrheit. Und jede Menge Wasser.

Nicht einmal eine halbe Stunde später sind auch die anderen Familienmitglieder da, und zwar alle. Suse und Luise blass vor Sorge, Leonies Brüder neugierig, ihre kleine Schwester aufgeregt wie immer. Sie patscht in ihren Gummistiefeln im neu entstandenen Gartensee herum und jauchzt vor Freude.

»Abgefahren«, sagt Georg und besieht sich die Überreste des Schuppens.

»Voll krass«, pflichtet Tristan ihm bei.

Die Zwillinge ziehen derweil das alte Boot ans Ufer, das sich mehr schlecht als recht über Wasser gehalten hat.

»Vielleicht können wir es reparieren«, meint Lars.

»Wir sollten Peer fragen, der kann uns bestimmt zeigen, wie es geht«, sagt Lukas.

»Pscht«, macht Georg und er und seine Brüder sehen vorsichtig zu Leonie.

»Schon gut«, sagt sie und winkt ab. »Er ist schon ganz in Ordnung.«

»In Ordnung?«, wiederholt Tristan ungläubig. »Er hat euch das Leben gerettet. Da muss ja wohl mehr drin sein als nur ein läppisches ›in Ordnung‹.«

»Nun, er ist schon mutig«, ergänzt Leonie. Jetzt ist sie es, die vorsichtig zu Max herüberspäht.

»Und groß«, sagt Max.

»Und behaart«, lächelt Leonie.

»Und kein Troll«, sagt Max.

»Überhaupt kein Troll.« Leonie nickt.

»Obwohl …« Tristan sieht nachdenklich zu Peer herüber, der mit den anderen Erwachsenen auf der Veranda Platz genommen hat. Max' Mutter sitzt zwischen Peer und ihrem Mann, Max' Vater unterhält sich mit Klaus. Leonies Mutter versucht das Kunststück, Kaffee einzuschenken und gleichzeitig ihre jüngste Tochter im Auge zu behalten.

»Seid ihr euch sicher, dass ihr gesehen habt, wie die Sonne ihn getroffen hat? Ich meine, so richtig getroffen?« Tristan sieht immer noch nachdenklich aus.

»Klar«, erwidert Max verblüfft.

»Sein Haar hat geleuchtet«, ergänzt Leonie.

»Warum willst du das wissen?«, fragt Georg und auch die Zwillinge beobachten Tristan neugierig.

»Nun, als ich neulich bei ihm war, für meine Segelstunden, da ist mir aufgefallen, dass er Kontaktlinsen trägt«, sagt Tristan.

»Ja und?«, fragt Lukas nach. »Jede Menge Leute tragen Kontaktlinsen.«

»Ja schon. Aber Peer hatte sie sich wohl gerade reingemacht und sie war noch ein bisschen verrutscht. Und ich schwöre, dass ich es kurz habe sehen können.«

»Ja, was denn?«, fragt Lars atemlos.

»Dass er eigentlich gelbe Augen hat.« Tristan sieht sie ausdruckslos an, seine Geschwister und Max halten den Atem an.

»Nicht schlecht«, sagt Georg schließlich und boxt Tristan gegen den Arm. »Sie haben's fast geglaubt.«

»Hihi«, kichern die Zwillinge los und tun so, als seien damit nur Leonie und Max gemeint, und Leonie und Max grinsen von einem Ohr zum anderen.

»Wenn ich es euch doch schwöre«, sagt Tristan.

»Klar«, sagt Lukas.

»Gelbe Augen«, japst Lars.

Die Zwillinge wenden sich wieder dem Boot zu, um es zu untersuchen, Georg schüttelt kurz den Kopf und folgt ihnen. Tristan will noch etwas sagen, überlegt es sich dann aber anders und zuckt nur mit den Schultern. »Lasst mal den Fachmann ran«, sagt er und macht sich ebenfalls daran, das alte Boot in Augenschein zu nehmen.

Leonie und Max stehen in ihren Sweatshirthemden mitten im See, der einmal eine Wiese war. Ihre Regenklamotten konnten sie endlich auslassen, auch wenn sie natürlich noch ihre Gummistiefel tragen. Die Sonne ist eben dabei unterzugehen und so langsam wird es kalt. Vom Wasser her kommt ein Wind auf, ein Vogel ruft.

Max steckt die Hände in die Hosentaschen. »Gelbe Augen, sehr lustig«, sagt er, doch er sieht unsicher zu Leonie.

Sie fängt seinen Blick auf. »Gelbe Augen«, sagt sie entrüstet. »Davon habe ich noch nie gehört, dass Trolle gelbe Augen haben. Du etwa?«

Max schüttelt vehement den Kopf. »Nein.« Er schweigt einen Augenblick lang. »Ich habe allerdings auch nicht gewusst, dass Peer Kontaktlinsen trägt.«

»Nein, ich auch nicht«, sagt Leonie.

Beide Kinder sehen rüber zur Veranda, wo die Erwachsenen ins Gespräch vertieft sind. Lachen dringt zu ihnen herüber, die drei Männer und zwei Frauen prosten sich zu. Max' Vater sieht zwar immer noch merkwürdig aus in den Klamotten von Peer, doch er wirkt recht zufrieden neben seiner Frau, die den Arm auf seine Stuhllehne gelegt hat.

Und dann, als hätte er ihre Blicke gespürt, sieht Peer auf. Er grinst, winkt zu ihnen hinüber und zwinkert ihnen zu.

Max schüttelt sich. »So ein Quatsch«, sagt er. »Trolle gibt es nicht.«

Wie magisch angezogen blicken er und Leonie hinüber zum anderen Ende des Gartens. Nichts lässt ahnen, dass sich unter der glatten Oberfläche des Sees einmal ein Blumenbeet befunden hat.

Max räuspert sich. »Komm, lass uns nach dem Boot sehen.«

Leonie nickt erleichtert. »Au ja. Vielleicht hat Lars recht und wir können es wieder flottmachen.«

»Vielleicht ein Segel setzen.«

»Tristan könnte uns zeigen, wie es geht.«

»Ja, aber so einen Mast zu bauen, ist bestimmt schwierig.«

»Dann sollten wir vielleicht erst einmal versuchen, die Ruder zu finden …«

Und dann laufen sie zu den anderen, um bei der Bergung des Bootes zu helfen. Die untergehende Sonne taucht den See in ein warmes gelbes Licht. An der Stelle, an der einmal ein Blumenbeet war, steigt eine Luftblase hoch und zerplatzt an der Oberfläche.

C. Alexander London

*hoffentlich

Wir werden nicht von Yaks gefressen*
978-3-401-50540-4

*oder gegrillt

Wir werden von Kannibalen zum Essen eingeladen*
978-3-401-50541-1

*mögen aber Tintenfischringe

Wir ringen nicht mit Tintenfischen*
978-3-401-50542-8

*mit ein paar Käsebällchen

Wir retten die Welt*
978-3-401-50543-5

Arena

Jeder Band:
Kartoniert
www.arena-verlag.de